空と海と陸を結ぶ境《さかい》港《みなと》

西村京太郎

祥伝社文庫

目次

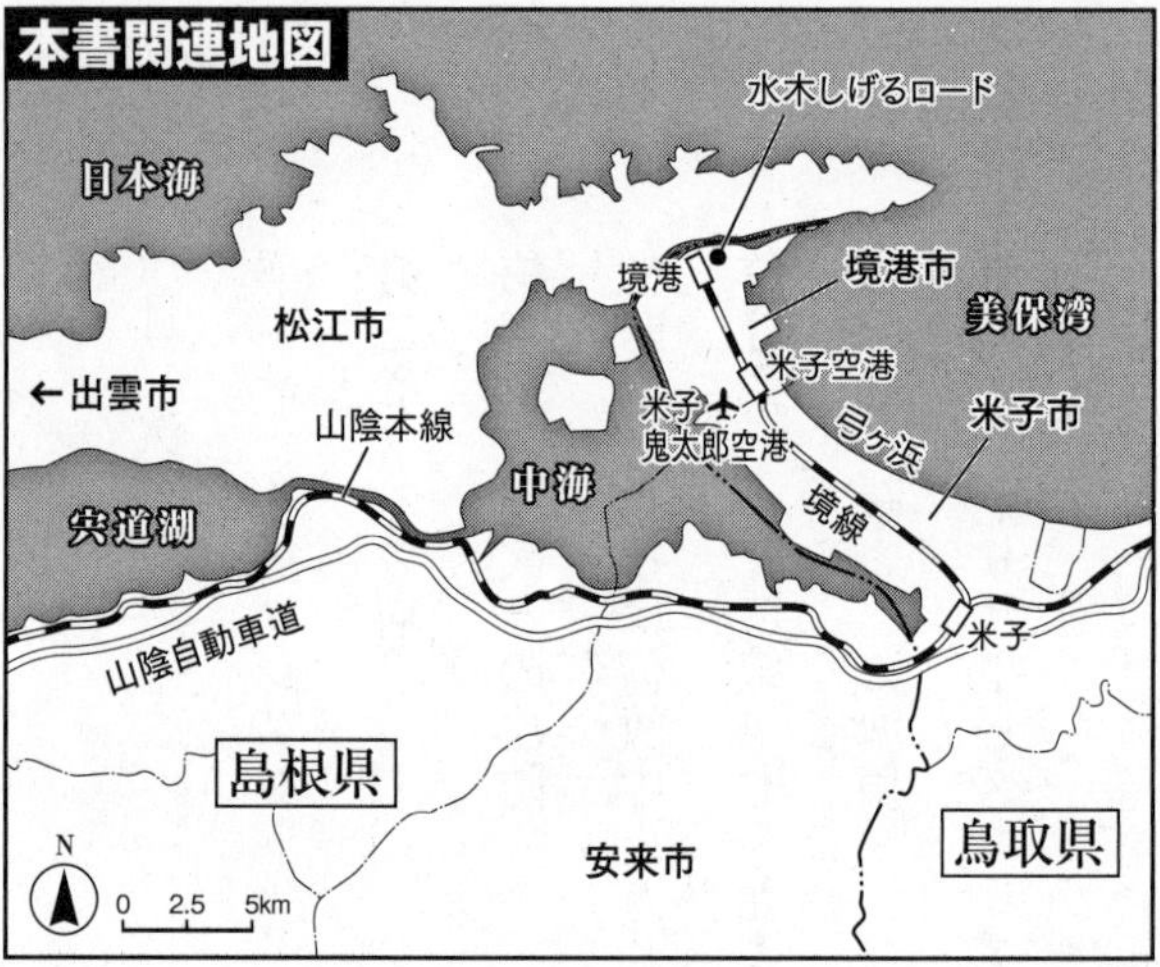

──主な登場人物──
十津川《とつがわ》警部……警視庁。
亀井《かめい》、北条早苗《ほうじょうさなえ》、三田村《みたむら》、日下《くさか》……部下の刑事。
三上《みかみ》本部長、本多《ほんだ》捜査一課長……十津川の上司。
今村《いまむら》警部、佐野《さの》刑事、三田《みた》刑事……鳥取《とっとり》県警。
金子《かねこ》警部……京都府《きようと》警。
加賀真由美《かがまゆみ》、渡辺香里《わたなべかおり》、角田晴美《かくたはるみ》……被害者たち。
「子猫コレクター」……？

第一章　子猫コレクター

1

捜査本部で、部下の刑事たちの報告を聞いている時、十津川《とつがわ》の携帯に、三上《みかみ》本部長から、電話が入った。

十津川が、電話に出ると、

「本日午後二時四十五分、青山《あおやま》通りに面した八階建てのマンションの最上階の部屋で、若い女性の死体が、発見された。事故や病死ではない、明らかな殺人だ。ただちにそのマンションに行って、この事件を調べてくれ」

と、三上が、いう。

「わかりました。が、本部長、私は現在、四谷《よつや》警察署にいて、一カ月前に四谷三丁目で起きた殺人事件の捜査に、当たっておりますが」

「もちろん、そんなことは、わかっている。だからこそ、君に行ってもらいたいと、思っているんだ」

と、三上が、いう。

「ということは、その新しい事件と、今、私が捜査している、こちらの事件とは何か関係があると、本部長はお考えですか？」

「それは、今のところ、何ともいえない。君に実際に現場に行って自分の目で、確認してほしいんだよ。ただ、断定はできないが、現在、君が担当している四谷三丁目の事件と、関係があるような気がしている。だから、今から青山の現場に行って状況を確認してから、君の意見を聞かせてほしい」

「わかりました。これからすぐ、そのマンションに、行ってみます。後で、こちらから、ご連絡します」

十津川が、承諾すると、

「頼むよ」

と、珍しく三上が、丁重《ていちょう》な物腰でいった。

電話を切ると、十津川はすぐ、亀井《かめい》刑事を連れて、パトカーで、青山通り沿《ぞ》いの南青山三丁目にある、ビレッジ青山という八階建てのマンションに、向かった。

走行中に少しずつ情報が入ってくる。

若い女性が、殺されているのは、そのマンションの最上階、八階にある角部屋だという。
十五、六分で現場に着くと、地元の赤坂《あかさか》警察署の刑事がすでに、何人も来ていて、十津川を迎えた。
「死体で発見されたのは、加賀真由美《かがまゆみ》という名前の、十八歳の女性です。ここには、一年ほど前から住んでいたそうです。彼女は、原宿《はらじゅく》にある、若い女性向けの洋装店の店員をやっています。今日、無断欠勤をして、店に出てこなかったので、店のオーナーが何度も携帯に、連絡をしたのですが、一向に出る気配がなかった。オーナーが心配して店の同僚を見に行かせたところ、部屋の奥で倒れている加賀真由美を、発見して、すぐ救急車を呼んだのですが、すでに死んでいることを、救急隊員が確認しました。それで、救急隊員からの連絡で、われわれが、出動したわけです」

と、赤坂警察署の刑事が、十津川に説明してくれた。

十津川と亀井は、その説明のあと、エレベーターで、八階まで、上がっていった。

八階の廊下の突き当りの八一〇号室に行くと、そこにいた赤坂警察署の田中《たなか》という警部が、仰向《あおむ》けに倒れて死んでいる、被害者について、改めて十津川たちに説明した。

「被害者は加賀真由美、十八歳、独身です。原宿でも有名な、若い女性向けのドレスや装飾品などを売っている店の店員です。十七歳の時から一年間、店に勤めているそうです」

「死因はわかりますか？　殺人ということですが」

十津川が、問い返した。

「殺人であることは、間違いないでしょう。詳しいことは、司法解剖の結果を、待たなくてはなりませんが、私が見たところ死因は、のどを紐《ひも》で絞められたことによる、窒息死です。それから、こちらが、死体の第一発見者です」

田中警部が、傍《かたわ》らにひかえていた若い女性を、紹介した。

被害者と同じ原宿の店で働いている同僚だという。

十津川は、相手に、警察手帳を見せてから、

「今日、加賀真由美さんが、お店を無断欠勤したので、オーナーが心配をして、加賀さんの様子を見てくるようにといって、あなたをこちらに寄越《よこ》したと聞いたのですが。こちらに来て部屋に入ったところ、加賀さんが亡くなっているのを発見した。間

違いはありませんね？」

と、念を押した。

被害者より二歳年上の田村由香《たむらゆか》が、まだ、いくらか震えている声で、十津川の質問に、答えた。

「ええ、そのとおりです」

「被害者は、どんな方でしたか？」

「真由美ちゃんは、仕事熱心な、真面目《まじめ》な子で、無断欠勤をしたことは、今まで、一度もなかったんです。オーナーが、何回も、真由美ちゃんの携帯に、かけたんですけど、彼女が電話に出なくて、オーナーは、これはおかしい。絶対に何かあったに違いないと心配して、私に、真由美ちゃんのマンションに行って、様子を、見てくるようにといったんです」

「被害者の加賀真由美さんですが、最近、仕事の上で、何か、問題を起こしたとか、個人的に、何かトラブルを、抱《かか》えていたということはありませんか？　どんな小さなことでも、構わないのですが」

「真由美ちゃんのプライバシーについては、まったく、知りませんから何ともいえませんけど、仕事の上では、何の問題も、なかったと思います」

「どうして問題はなかったと？」

「真由美ちゃんは、お客さんに対しては、いつも笑顔で、明るく接しているので、評判がよかったんです。彼女に限っていえば、お客さんからクレームがついたことは、一度もありません。ですから、何か、仕事の上でお客さんとトラブルになっていたことは絶対に、ないと思います」

と、由香は、いう。

「それでは、加賀さんに、好きな男性とか、あるいは、恋人と呼べるような男性はいませんでしたか？」

「たぶん、冗談だと思いますけど、今は仕事が面白《おもしろ》くて、男性のことを、考えているヒマはないし、会いたいと思うような男性は一人もいないというのが、真由美ちゃんの口ぐせでした。特定の彼氏のような人は、いなかったと思います。それらしい男性を見かけたこともありませんから」

田村由香が、答える。

「じゃあ、交友関係でも、トラブルは、なかったのですね？」

「きいたことがありません」

「これは、大事なことですが、あなたが、ここに様子を見に来た時、部屋のドアは、どうなっていましたか？　開いていましたか？　それとも、鍵《かぎ》がかかっていましたか？」

十津川が、きくと、

「鍵は、かかっていませんでした。かかっていれば、中には入れませんでしたから」

と、いう。

「加賀真由美さんは、一人で部屋にいる時、ドアに、鍵をかけておくほうですか？　それとも、鍵をかけ忘れたりすることもありましたか？」

「真由美ちゃんは、一人でいる時には、必ずドアに、鍵をかけていました」

「どうして、断定できるんですか？」

「私なんかは、だらしなくて鍵をかけ忘れてしまうことが時々あるんですけど、そんな時に、真由美ちゃんから『一人で部屋にいる時は、ちゃんと鍵をかけておくものよ』といつも意見されてましたから、彼女は、いつもちゃんと鍵をかけていたと思います」

彼女の言葉が正しければ、犯人が、合鍵を持っていたか、以前からの顔見知りで、加賀真由美自身が、自分からドアを開けたのか、そのどちらかと、考えていいだろう。

「加賀真由美さんは、お店では、何と呼ばれていたんですか？」

今度は、亀井が、質問した。

「一緒に働いている私たちなんかは、真由美とか、真由美ちゃんとか名前で呼んでいましたけど、お得意のお客さんなんかには、彼女は小柄で、ちょっと子猫みたいな感じなので、子猫ちゃんと、呼ぶ人もいました。真由美ちゃんは、自分でも、そう呼ばれることが好きだったみたいです。子猫ちゃんといわれると、ニコニコ笑いながら、返事をしていましたから」

田村由香の証言をきいて、十津川は、この事件と、現在、自分が担当している四谷三丁目で起きた殺人事件との類似性を感じた。

だからこそ、三上本部長も、十津川を、この南青山のマンションの事件現場に、行かせたのだろう。

十津川は、その場から、三上本部長に、連絡を取った。

「こちらに来て、死体の第一発見者などから話を聞いたのですが、本部長がお考えになったとおり、私が現在捜査を担当している、四谷三丁目の事件と関係がありそうです」

「君もそう思ったか。私の思ったとおりだ。被害者も、よく似ているのか？」

いち早く、二つの事件の類似性に気づいた、三上本部長らしく、被害者の似通った点を、きいてきた。

「年齢は十八歳です。小柄ですが、魅力的で、店の客から子猫ちゃんと、呼ばれていたそうです」

「死因のほうはどうだ？　それも似ているのか？」

「どちらも、紐を使った絞殺です。その方法も、よく似ています」

そこで十津川は、口調をあらためた。

「本部長に、お願いがあります」

「何だ？」

「ぜひ、こちらの殺人事件も、私のグループに、捜査を担当させてください。被害者がよく似ていますし、殺人の方法も同じです。おそらく同一犯人の可能性が高いと思いますから、私たちの手で捜査をやってみたいのです」

「私は、最初から、君のグループに捜査を、担当してもらうつもりだったよ。そのために、君に青山の現場に行ってもらったんだからな」

三上の満足そうな返事が返ってきた。

十津川は、管轄《かんかつ》の警察の刑事たちに事情を説明した。

「こちらの事件も、私たちが担当することになった。状況から考えて、おそらく、犯人は同一人物でしょう。そのつもりで捜査をする必要がある」

一カ月前から四谷警察署に、捜査本部を置いて、十津川たちが捜査をしている殺人事件は、被害者が、こちらの殺人事件のケースと、類似していた。

年齢十八歳、現在の日本人女性の平均身長に比《くら》べて百五十五センチと小さいが、魅力的で可愛らしかったので、子猫ちゃんというあだ名がついていたというからである。

その点こちらのマンションで起きた殺人事件の被害者も、よく似ていた。

おそらく、身長も百五十四、五センチだろう。最近の女性としては小柄なほうである。そして、店の客からは、子猫ちゃんと呼ばれていた。

それ以上に、十津川が注目したのは、殺人の方法である。

紐を使っての絞殺というのは、よくあるように思えるが、実は、あまりない殺人の方法なのだ。最近の事件では、犯人は、ナイフや鈍器《どんき》で相手を殺してしまう。

簡単である。

それに比べて、紐を使っての絞殺は、難しいし、殺害手法としては、ある意味優雅でもある。

鑑識が現場の写真を撮り、指紋を採取した。

その指紋は、照会のために直《ただ》ちに、警察庁に送られたが、指紋照合データベースに、該当者は見当たらなかった。

加賀真由美の死体のほうは、司法解剖のために、大学病院に運ばれていき、十津川たちは、現在の捜査本部のある四谷警察署に引き揚《あ》げた。

その日の午後六時から、緊急の捜査会議が開かれた。それには、三上本部長も出席した。

最初に、十津川が、二つの事件について、自分の考えを話した。

「まず、二つの殺人事件の被害者の類似点から説明します。本日、四月十日に南青山三丁目のマンションで起きた殺人事件の被害者、加賀真由美は年齢十八歳、身長百五十四センチ、体重三十八キロです。今の日本人女性としては小柄ですが、魅力的な美人です。そのため、親しい人間たちからは、子猫ちゃんと呼ばれていたといわれます。この被害者は、われわれが一カ月前から捜査中の、四谷三丁目で起きた殺人事件の被害者渡辺香里《わたなべかおり》と、よく似ているのです」

ホワイトボードに貼《は》られた、二人の被害者の顔写真に、視線を送って、十津川はつづけた。

「年齢は、どちらも同じで十八歳です。渡辺香里の身長は百五十五センチですから、百五十四センチの加賀真由美とは、わずか一センチしか、違いがありません。最近の日本人女性としては二人とも小柄ですが、魅力的なことから同じように子猫ちゃんと呼ばれていたといわれます。そしてまた、二つの事件では、殺人の方法もよく似ています。最近では、珍しいのですが、どちらも紐を使って、首を絞めた殺人です。さらに、どちらも凶器と思われる紐は、犯人が、持ち去ってしまったらしく、犯行現場では、見つかっていませんでした。つまり、犯人は、最初から紐を用意して、二人の女性に、会いに行っているのです。紐を使っての絞殺というのは、最近では珍しいのですが、その場合でも、現場にあった電気コードや紐を使っての殺人がほとんどです。最初から紐を持ち歩いて、それで、殺しを実行した犯人というのは、最近では、この二件の殺人事件ぐらいしか、思い当たりません」

「たしかに、そうだな。私も、紐で相手を絞殺したという、殺人事件は、ここしばらく記憶にない」

と、三上が、いう。

「二人の被害者が同じように小柄で、美人で、子猫ちゃんと呼ばれていたことから想像すると、ちょっとおかしないい方かもしれませんが、犯人は、子猫コレクターと呼んでもいい人間ではないかと、考えています」

「子猫コレクターか。たしかに、君がいうように妙な犯人といえないこともないね」

三上が、同感だという面持《おもも》ちでいった。

2

捜査会議が終わった後、十津川は、一カ月前の三月十日に起き、十津川たちが、懸命に捜査をしている殺人事件について、もう一度、捜査日誌を、じっくり読み返してみた。

その日の夜八時過ぎ、四谷三丁目のマンションで、十八歳の若い独身の女性が、何者かに殺された。紐を使った絞殺である。

被害者の名前は、渡辺香里。小柄だが、しなやかな体つきをしていたことから、友だちの中には、彼女のことを、猫と呼ぶ者もいたし、男の中には、密《ひそ》かに子猫ちゃんというあだ名をつけて、呼んでいる者もいたという。

渡辺香里は、三鷹《みたか》にある女子大の一年生で、バドミントンの、選手だった。

実家は山形《やまがた》県の天童《てんどう》市にあり、両親は、そこで、旅館を営《いとな》んでいる。彼女は、そこの一人娘だった。

バドミントンの選手としては、国体やインターハイに出るほどの腕はなく、仲間と競技そのものを楽しんでいる感じだったという。

渡辺香里には、親しく付き合っていた彼氏がいた。香里より八歳年上のその男性は、バドミントン部のコーチをしていたが、どうやら、数カ月前から二人の仲がうまくいかなくなっていて、何かと、いさかいが絶えなかったという情報を、西本《にしもと》刑事が、きき込んできた。

そんなこともあって、十津川は、簡単に容疑者が浮かんできて、事件は解決するだろうと、考えていた。

ところが、容疑者一号と思われたそのコーチには、しっかりとした、アリバイがあることがわかり、事件から一カ月が経《た》った今でも、犯人の影さえ見つからず、捜査は一向に、進展しないのである。

それでも刑事たちは地道に聞き込みを続け、渡辺香里の男性関係、あるいは女子大の同級生、アルバイト先の人間などを片《かた》っ端《ぱし》から、調べていったが、容疑者らしき人間は、一人も浮かんでこない。

そこで、被害者個人ではなくその両親や友人を憎んでいる人間はいないかと、捜査の範囲を広げていった。また、被害者が通っていた女子大の関係者では、被害者の友だちだけではなく、先輩や後輩まで範囲を広げていったのだが、それでも肝心の容疑者は、全く浮かんでこなかった。

そんな時に起きた、今回の、新しい殺人事件である。

十八歳という同じ年齢であること、現代の日本人女性としては、どちらも小柄な体型であること。そして、子猫ちゃんという愛称で、呼ばれていたという類似点があった。

そこで、十津川は、ひょっとすると、子猫というのが、今回の殺人事件を解《と》くキーではないかと考え、「子猫コレクター」と名付けた。

三上本部長も、その十津川の考えに賛成して、犯人は、子猫コレクターではないかと、いった。

たしかに、同一犯だとすれば、犯人は、一カ月の間に二人の子猫ちゃんを、殺したことになる。

ただ被害者は、まだ二人だけなので、子猫コレクターと呼ぶのが、適当かどうかはわからなかった。

しかし、十津川は、二つの事件の共通点に拘《こだ》わった。

たぶん他にも、殺人につながってくるような、共通点があるに違いない。

十津川は、捜査方針に、二人の被害者の共通点を見つけ出すことを、つけ加えた。

一方、同一犯人の可能性が、高くなったことから、捜査員は、二十人から三十人に増員された。その三十人をフルに使って、二人の被害者の共通点探しにあたった。

しかし外見と、あだ名と、年齢以外には、共通点らしきものは、なかなか、見つからなかった。むしろ二人の違いが、見つかっていった。

生まれた場所は、渡辺香里は山形県の天童市だが、加賀真由美は、東京《とうきよう》である。

渡辺香里の両親は健在で、天童市内で旅館を経営している。

一方、加賀真由美のほうは、母親は去年、病気で亡くなっているが、父親のほうはまだ健在で、一部上場の会社で営業部長として働いている。

十津川が、三上本部長に報告する。

「一カ月前の、渡辺香里殺害と、今回の事件では、子猫ちゃんというあだ名が、共通していました。偶然というには、出来すぎのようにも思えます。といって、子猫ちゃんというあだ名が、犯人に殺意を、もたらすものなのでしょうか？」

「どういう意味だ？」

「人間関係がもつれて、憎しみをつのらせ、殺意をいだく、というのはわかります。

衝動的な性犯罪や、物盗《ものと》り目的の犯行を除けば、殺人の動機は、大半が怨恨《えんこん》によるものです。ところが、今回の二件の犯行は、性犯罪とも、物盗りとも思えません。被害者二人には接点はなく、生活圏も、まったく違います。つまり、犯人が二人の被害者に、同時に恨みを持つ可能性は、きわめて少ないと、いわざるを得ません。とすると、残る共通点は、女性、十八歳、可愛い、小柄、そして子猫ちゃん、ということになります」

「君が並べた中で、子猫ちゃんというあだ名だけが、目立つな。十八歳で、小柄で、可愛い女性なんて、いくらでもいるからね」

「ご指摘のとおりです。今回の事件が起きて、前の事件との結びつきが、少し見え始めました。ただ、被害者は、まだ二人ですから、あだ名ばかりを重視するのは、危険です。もう一人、子猫とあだ名される女性が、被害に遭《あ》えば、犯人と子猫は、明らかに結びつきますが」

「おいおい、おだやかじゃないね。君らしくもない」

「少し、いいすぎました」

十津川は、率直に、詫《わ》びた。

「君の気持ちも、わかるがね。ところで、この後の捜査は、どうするつもりだ？」

「二人の被害者、渡辺香里と加賀真由美に、他の共通点を探すという、捜査方針を立てて、共通点を徹底的に、調べさせることにしました。二人の共通点が、さらにいくつか見つかるか、もう一人、子猫と呼ばれる被害者が見つかるか、どちらかがあれば、捜査は、大きく進展すると考えたからです」

「その後は、どうなっているんだ？」

「懸命にほかの共通点を、探しているのですが、一向に見つからないのです。被害者の二人は、生まれた場所も、東京と山形とで違いますし、通っていた小中高校も、違っています。友人たちの一部から子猫ちゃんと呼ばれていたことは、わかりました。しかし、その友人たちのことも調べたのですが、彼らにも、これといった共通点は見つからないのです。死亡した時点での、二人の身分も違っていますし、二人が親しくしていた男性の共通点もありません。共通点の匂《にお》いさえまったく見つからないことに、私は、少々戸惑《とまど》っているのです」

と、十津川が、説明した。

その翌日、三上本部長が、一つの情報を、十津川に伝えて、事態は一変した。

「実は、昨日の夜遅くなって、私のところに飛び込んできた情報なんだが、去年の十二月に起きた殺人事件で、現在に至っても容疑者が浮かばず、捜査が行き詰まって、迷宮入りのようになっている事件があることがわかった。長崎《ながさき》市内で、起きた殺人事件で、今回の二つの事件のことを知って、長崎県警の本部長が、電話で知らせてくれたんだ」

三上の説明によると、南青山の事件が起きた四カ月前、去年の十二月十日に、長崎市内で起きた殺人事件だった。

殺されたのは、当時十八歳の小柄な女性だった。名前は角田晴美《かくたはるみ》である。

角田晴美は、博多《はかた》の生まれで、地元の高校を卒業した後、長崎の観光協会に入って経理事務を担当していたのだという。

小柄だが、美人だったので、友だちから子猫ちゃんと呼ばれることがあったが、長崎県警は、捜査に際して、そのあだ名について、ほとんど考慮しなかったという。よくあるあだ名と思ったからだった。

同じ観光協会の中に、恋人がいたため、長崎県警は当初、三歳年上のその恋人を疑い、身辺を徹底的に洗っていったが、彼のアリバイが成立したこともあって、捜査が、行き詰まってしまった。

そこで、角田晴美には、他にも男がいるのではないかと考えて捜査を進めていったのだが、容疑者を、見つけるまでには至らず、四カ月が経ってしまった。

もちろん、今でも、地道な捜査が、続けられてはいるのだが、暗礁《あんしょう》に乗り上げてしまっている事件だという。

そんな時に、今回の、二件の事件のことを知って、ひょっとすると、同じ犯人なのではないか？　そう考えて、昨夜遅く、長崎県警の本部長が、警視庁の三上本部長に連絡をしてきたのだ。

「私にも、四カ月前に、起きたという長崎の殺人事件と、今回の東京の、二つの殺人事件が同一犯人によるものかどうかは、まだ断定できない。しかし、否定も、できない。だから、四カ月前のこの事件についても十分に注意しながら、こちらで起きた二つの殺人事件について捜査を進めてもらいたい」

三上は、十津川に、いった。

3

翌日、四カ月前に長崎市内で起きた問題の殺人事件の捜査日誌が、送られてきた。

四カ月間の、捜査である。捜査日誌も、それなりに分厚いものに、なっていた。

十津川は、丸一日かけてゆっくりと目を通し、角田晴美という被害者の女性に近づいていった。

角田という姓は、珍しいが、彼女が生まれた博多では、かなりの数の角田を名乗る家があるという。

高校を出て長崎の観光協会に就職した後、同僚の若い男女と一緒に、海に遊びに行き、その時に撮ったという写真も何枚か、捜査日誌には、添付されていた。

それを見る限り、角田晴美の身長は、たしかに同僚の女性たちと比べても明らかに低く、せいぜい、百五十センチ台の前半しかないだろう。

しかし、その小柄であることが、彼女の魅力にもなっていた。

そこで、同僚から子猫ちゃんというあだ名で呼ばれていたらしい。

捜査日誌には、その件について、こう書き込まれてあった。


「百五十四センチという小柄な体型と魅力的な顔立ちで、角田晴美は、知り合いから子猫ちゃんというニックネームで呼ばれ、人気者になっている。

しかし、世の中の若い女性たちの中には、子猫ちゃんというニックネームで、呼ばれている者が、多いことがわかったので、このことにとらわれてしまうと、捜査の邪魔になったり、捜査が誤った方向に行ってしまう恐れがある。

したがって、その点を、あまり意識しないほうがいいだろう」

その後、容疑者として、被害者、角田晴美と、何らかの関係があった男女合わせて二百十八人を、調べたが、すべての人間に完璧《かんぺき》な、アリバイがあり、捜査は、そこで、行き詰まってしまった。

捜査日誌には、警視庁本部長宛《あ》ての手紙も添付されていた。それには、こう書かれていた。

「長崎県警としては、捜査が壁にぶつかってしまった感じで、これといった進展がないままに、四カ月が、あっという間に過ぎてしまいました。

すでに容疑者と思われる人間については、すべて調べ終わりましたので、現在では迷宮入りのような状況になってしまい、これは持久戦になるだろうと、捜査本部では、覚悟していました。

ところが、今回、東京で、同じような殺人事件が二件も続けて起きたことを知り、当方でも、捜査員を元に戻して、改めて被害者の周辺を、もう一度、調べ直してみることにいたしました。

こちらで、調べて何か新しいことがわかりましたら、すぐに、そちらにお知らせいたしますので、そちらでも、何か捜査の進展があった場合には、すぐに、こちらに知らせていただきたいのです。

何卒《なにとぞ》よろしくお願いいたします。

追伸　こちらでは、今回の三件の事件の容疑者を『子猫コレクター』と呼ぶことにいたしました」

これが長崎県警からの手紙である。

そこで、こちらの捜査を指揮する三上本部長は、今回の一連の事件の犯人を「子猫コレクター」と呼ぶことにすると、捜査会議で、十津川たちに、宣言した。

4

今回の三件の殺人事件の犯人を、長崎と東京の捜査本部が、「子猫コレクター」と呼ぶことにしたということに、ニュースバリューがあると考えたのか、新聞とテレビが取り上げた。

そのせいもあってか、捜査本部に、手紙や電話で、情報が提供されてきた。

その三通の手紙と、七本の電話を、一つ一つ慎重に、検討し調査した。

情報提供者は、全部で十人だった。いずれも子猫コレクターという言葉が面白くて、自分の知っている子猫について情報を提供することにしたと、手紙には書かれ、電話でもそういった。

しかし、その電話と手紙を全部調べ終わった時、十津川たちは、落胆してしまった。

いずれの情報も、注意深く検討し調査したが、捜査の役には、立たないことがわかったからである。

情報提供者が、いずれも事件そのものに関心を持ったのではなくて、子猫コレクターという呼び名が、面白くて、自分の知っている子猫について事件と関係なく手紙を書いてきたり、電話をしてきていたからである。

中には、自分の可愛がっていた子猫ちゃんが殺されてしまった。犯人はわかっているので、すぐ逮捕してほしいという六十代の独り暮しの女性《ひと》からの手紙もあった。

殺人事件に関する情報提供だから、てっきり、自分の知っている子猫というあだ名の娘のことをいっているのだと思って、彼女に会った。ところが話を聞いてみると、本物の子猫の話で、彼女がひとりで住むアパートが、犬、猫の同居を禁止しているので、いつも家主と、ケンカをしているのだが、一カ月前に、彼女の子猫が死んだ。家主が殺したに違いないと、訴えているのだった。

十津川たちは、がっかりしながらも、処理は区役所の生活課に委《まか》せることにした。

十津川は、もう一度、三件の殺人事件について、これからどう捜査を進めていったらいいかを、部下の刑事たちと検討し、捜査方針を決めることにした。

「今回の三件の殺人事件について、捜査を進める上で、注意しておかなくてはいけないことを一つ一つ挙《あ》げてみたい。君たちが考えていることを、どんなことでもいいから遠慮なくいってくれ」

と、十津川が、いい、それに応じた刑事たちの発言を、北条早苗《ほうじようさなえ》刑事が、捜査本部のホワイトボードに書きつけていった。

第一に注意すべきは、子猫という愛称である。

東京で起きた二件の殺人事件と、四カ月前に長崎で起きた、殺人事件の合計三件に共通しているもの、殺された女性がみな小柄で、周囲の人たちから、子猫ちゃんの愛称で呼ばれていたことである。

同一の犯人なら、この四カ月間に、三人の女性を殺していると考えられる。彼女たちは、全員が年齢十八歳、身長百五十センチ前半の小柄な女性で、子猫ちゃんと、呼ばれていた。犯人は、そのことに、こだわっているのではないだろうか？

第二に留意すべきは、三人の被害者の間には、何の関係もないということである。

つまり、犯人も自分が殺すべき相手について、三条件だけを考えていて、名前も知らなかったのではないのか？

この推理が、当たっているとすれば、犯人は、まるで狩りでもするように、手当たりしだいに、十八歳で、小柄な子猫ちゃんと呼ばれている女性を見つけ出して、殺していることになる。

犯人はなぜ、その条件に合った女性を殺すのか？

次に注意すべきこととは、何か？

長崎の事件は十二月十日、四谷の事件は三月十日、そして南青山の事件は四月十日。すべて十日に、犯行が行われている。

三件の事例だけで、断定するのは危険だが、あだ名の子猫ちゃんや、犯行日の十日という一致は、偶然で片づけるわけにはいかない。

犯人がもし、これらの点に、執着する理由があるなら、さらに犯行を繰り返す恐れがある。犯人の心理状態が、凶行に駆り立てられるような、強迫感に支配されている、ともいえる。

第四の注意点は、犯人の行動範囲である。犯人はここに来て、東京で、二人の子猫ちゃんを、続けて殺している。

この二件を見る限り、犯人は、東京の中で該当する女性を、探して殺したと考えられる。

しかし、去年の十二月十日には東京ではなくて、長崎で同じような殺人を起こしている。

犯人は、東京でターゲットを探しているのか？　それとも、日本全国を回って十八歳の小柄な子猫ちゃんを、探し出そうとするのか？

犯人にとって長崎が特別なのかどうかも調べる必要があるだろう。

問題は、犯人像である。

常識的に考えれば、犯人は男だろう。三人の被害者を紐で、首を絞めて殺しているからだ。

被害者が女性とはいえ、若く健康な人間を、絞殺するには、想像以上の体力が、必要になる。背後から不意を襲うとしても、瞬時に頸《けい》動脈を圧迫するのは、女性の力では、かなり難しい。

年齢ははっきりしない。若いのか、それとも、年寄りなのか？

（今回の事件は、なぜ、こんなにも、わからないことが多いのか）

と、十津川は自問した。

5

事件は三件である。

最初は、三つの事件の共通点を調べていけば、どこかに、事件解決の答えが、見つかるはずだと、十津川は、楽観していた。

しかし、犯人像が、まったく、浮かんでこないのは、前と変わらなかった。長崎の殺人事件にしても、長崎県警では、犯人像を、絞ることができずに、迷宮入りのような状況に、なってしまっているのである。

十津川は、内心、一カ月後の五月十日に、第四の殺人事件が起きるのではないかと考えていた。

頭の片隅に、犯行日の「十日」という数字が、引っかかっていたからである。

警戒しながら、待ち構えていれば、犯人が殺人を犯す前に、逮捕できるかもしれない、と思ったのだが、五月十日が来ても、第四の事件は、起きなかった。

それでも、十津川は、第四の事件が起きるものと考えて、警戒していたのだが、結局、何事も起きないままに、一カ月半が過ぎた。

五月の連休が終わり、五月の下旬、正確には、五月二十六日になった時、一つの動きがあった。

たまたま、捜査本部で見ていたテレビのニュースの中に、十津川の引っかかる、一つの催《もよお》し物の画像が流れたのだ。

日本海側の鳥取《とっとり》県の町、境港《さかいみなと》を紹介する番組だった。

境港は、漫画家水木《みずき》しげるが生まれた町として有名で、現在も水木しげるの漫画にちなんだ、特別列車が走っていたり、町の中には、水木しげるの作品に出てくるさまざまな妖怪《ようかい》のブロンズ像が、並んでいたりするのである。

番組の中身は、その境港で、新しい催し物があるというものだった。

水木しげるが生み出した妖怪の中では、何といっても、鬼太郎《きたろう》が、いちばん有名で、その次は、ねずみ男だろう。

そうした妖怪の中で、水木しげるの作品としては珍しく、若い女性が、妖怪になって出てくる。

それが猫娘である。

妖怪の中で唯一《ゆいいつ》といってもいい、若い女性の猫娘が、成長したらどうなっているか。おそらく、猫のようにしなやかで、猫のように妖《あや》しい目をした魅力的な娘なのではないか。

そう考えた、水木しげるの妖怪たちを、この上なく愛しているというある民間団体が、境港市と連携して、十八歳になった猫娘を思わせる、妖しげな魅力を持った女性のコンテストを行うというのである。

応募条件は、年齢十八歳、身長百五十センチ台、妖しい魅力を持つ自称猫娘だという。

カメラが、境港の町の風景を映《うつ》していく。それに合わせて、女性アナウンサーが猫娘コンテストのお知らせを告《つ》げていく。

「最終の審査は、六月十日に、境港のRホテルで開くので、猫娘の条件にマッチしている方、自信のある方、自分は猫娘に似ていると思っている方は、ぜひ、応募してください。締め切りは、六月一日です。自薦他薦、どちらでも結構です。応募してくださった全国の十八歳の女性の中から、もっとも美しい、猫娘の成長した姿を思わせる女性には、賞金五百万円と金で作った猫娘の人形が贈られることになっていますので、皆さん、奮《ふる》って、ご応募ください。ご応募をお待ちしています」

十津川は、六月十日に、境港市で行われる、猫娘コンテストに、第四の殺人事件を予感した。

コンテストに応募できる資格のすべてが、三つの事件の共通項と、重なるのである。十津川が推測する、犯人像が正しければ、犯人にとっては、おあつらえ向きの、催しになるはずである。

（子猫コレクターといわれる犯人は、この猫娘コンテストを、見逃すはずはないだろう。六月十日には、絶対に、境港に姿を現すに違いない）

そこで、十津川はすぐ、三上本部長に、この番組のことを話し、

「ぜひ六月十日のコンテストの時には、私と最低でも、刑事二人を、境港市に、行かせていただきたいのです」

と、要請した。

三上本部長は、

「君は、この十八歳の猫娘の募集に絡《から》んで、第四の殺人事件が起きると、確信しているのかね？」

と、念を押した。

「境港で、第四の殺人事件が起きるかどうかまでは、断定できませんが、少なくとも、子猫のコレクションをしている犯人が、この催し物を目指して、境港市にやって来ることは、まず、間違いないだろうと考えています。ですから、六月十日には、ぜひ境港に行きたいのです」

と、十津川が、いった。

第二章　ミス猫娘

1

祭りの前日の六月九日に、十津川は、亀井、三田村《みたむら》、そして、北条早苗刑事の三人を連れて境港市に出かけた。

市内のホテルに、部屋を取った後、十津川は、若い三田村と、北条早苗刑事の二人には、祭りの前日の、町の様子を調べて報告するようにといい、十津川自身は亀井刑事を連れて、境港警察署へ、署長に会いに行った。

四十代になったばかりと思える、若い署長である。署長室にも、明日六月十日の祭りのポスターが、貼《は》られていた。

「今日は祭りの前日ですが、町は、どんな様子ですか？」

まず十津川が、きいた。

「これはやはり、水木先生のお力なんでしょうね。境港の市内では、明日の祭りに備えて、さまざまな催《もよお》しが計画され、その準備が行われていますが、それに合わせるように、観光客がどんどんと増えてきています。境港の人口は三万四千ですが、その三倍くらいの観光客を予定しています。大きなお祭りになるのではないかと、町も喜んでいますよ」

と、署長が笑顔でいう。

「ミス猫娘を、募集していましたね。優勝者には賞金五百万円が贈られるというコンテストが開かれるときいていますが」

「そうです。賞金のほうは町が半分の二百五十万円を出して、残りの半分はミス猫娘のコンテストを計画した団体が、出すことになっています」

「応募状況は、どんな具合ですか？」

亀井が、きくと、この質問にも若い署長は、ニッコリして、

「それが大人気で、大変な数の応募状況になっているそうなんですよ。すでに、百人の応募者が集まっていると聞いています。こうなると予選が大変ですね」

「それについて、先日も、お電話をしたのですが、子猫コレクターが、この境港に、

乗り込んでくるような、そんな噂《うわさ》は、ありませんか？」

十津川がきいた。

「先日、警視庁からご連絡をいただきました。たしかにその恐れはありますが、いまだに町にも、警察にも、犯人からの予告のようなものは来ていません。それに、ここは、東京のような大都会ではありませんからね。不審者は目立ちますから、犯人も、大きな犯罪を犯すような舞台ではないと思って、静観しているのではありませんか？」

署長は、楽観的なことをいう。

「ところで、百人の応募者は、今、どうしているんですか？」

これは、亀井がきいた。

「今、港に、日本の豪華客船の『飛鳥《あすか》Ⅱ』が入港しています。百人の応募者を一般のホテルや、旅館に泊めると、どうしても、一般の観光客と、接触してしまいます。そうなると、十津川さんが、危惧《きぐ》されているようなことが起きないとも限らないので、応募者には、いったん『飛鳥Ⅱ』に、明日の決選まで泊まってもらうことにしました。『飛鳥Ⅱ』を運営している会社にお願いして、百人分の部屋を用意してもらいました。もちろん、ウチの警察官も五人、『飛鳥Ⅱ』に乗船させておりますので、応募者に危険が及ぶようなことはないと、確信しております」

今度は、紋切り型な調子で署長が、いった。たしかに、船に乗せれば警戒は楽だろう。

「ミス猫娘の祭りを主催しているのは、この境港市と、ミス猫娘コンテスト実行委員会という名前の、民間団体と聞いたのですが、どういう団体ですか？」

十津川は、コンテストの優勝賞金五百万円の、半分を出すという民間団体に、興味を引かれたのである。

境港では、祭りが目当ての、十万人の観光客が、見込まれるという。それなら、地域振興のために、町が二百五十万円を支出するのもわかる。しかし、民間の団体が、水木しげるをこよなく愛する、という理由だけで、二百五十万円ものお金を、出すものだろうか？　そこには、なんらかの、犯人の意図が、影をさしていないか？

疑えば、疑えるのである。

「私が説明するよりも、パンフレットをもらっているので、それを読んでください。共同主催者は、この実行委員会の委員長ということになっていて、スタッフは十人です。この十人は、すでに、この町に来ています」

署長は、派手な金文字のパンフレットを、見せてくれた。

「何部かもらってきていますので、それは、十津川さんに差し上げます。後でゆっくりご覧になってください」

と、署長が、いった。

十津川は、パンフレットに、目を通してから、亀井刑事に渡し、署長に対しては、

「この実行委員会の住所は、東京になっていますね？　この住所について、確認しましたか？」

「もちろん、電話しました。こちらの連絡に対しても、きちんと、対応してくれましたし、ミス猫娘の祭り以外にも、年に一回の割合で、同じようなお祭りやコンテストを計画して、町と連携してやっているようです。ちゃんとした団体だと、思っています」

「この実行委員会の委員長には、お会いになりましたか？」

なおも十津川が、きく。

「この話が、最初に持ち上がった時に、笠井《かさい》さんという委員長が、署に来て挨拶《あいさつ》して帰っていきました。もちろん、市役所にもきちんと挨拶していったようです。コンテストの賞金五百万円の半分、つまり、二百五十万円ですが、それを、境港の銀行に預けていますから、デタラメなことはしないと、思いますよ」

「この笠井という委員長は、どこに泊まっているのですか?」

「M銀行の境港支店に、今いった二百五十万円を預けてから、その近くのグランドホテル境港という、新しく出来たホテルにチェックインしているはずです」

と、署長が、教えてくれた。

「すぐに会いに行こう」

十津川は、小声で亀井にいった。

2

境港の町を、しばらく歩くと、最近めざましく発展している町だということがよくわかるし、港を見れば、拡張していることもわかってくる。

何しろ、拡充された埠頭《ふとう》には、日本の豪華客船『飛鳥Ⅱ』が、停泊しているし、別の埠頭には、外国船籍の豪華客船が、停泊しているのだ。

問題の笠井委員長が泊まっているホテルは、港の近くにあった。

十津川は、フロントを通してミス猫娘コンテスト実行委員会の、笠井という委員長に会いたい旨《むね》を告げた。

事前に、アポを取っているわけではなかったが、気軽に、

「それでは、ホテルのロビーで、お会いしましょう」

と、あっさり応じてくれて、十津川と亀井は、笠井に、会うことができた。

十津川たちが、ロビーで待っていると、笠井は、エレベーターで降りてきた。五十代の男で、若い女性の秘書を連れていた。

まず、秘書が組織の歴史と現在を書いた分厚い案内書を、十津川と亀井の二人にくれた。

最初のページに、

「われわれの目的は、この世界に真実の幸福を求めることにある。それに向かって全力を尽くすことを誓う」

と、書かれてあった。

「私たちの会社は、そこに書いてありますように、真実の幸福を求めて設立されました。従って、今回のミス猫娘祭りを開催することで、利益を得ようとは考えておりません。私たちの目的は、太平洋側に比べて、華やかではない山陰《さんいん》に、大都会、東京、名古屋《なごや》、大阪《おおさか》といった町と同じような、繁栄をもたらしたいということです。そのことを考えて、今回のミス猫娘コンテストを計画したわけです。幸い、この町の責任者

の方も、私たちの考えに、賛成してくださって、明日は盛大にやろうと、今からスタッフ一同張り切っております」

普段から、しゃべり馴《な》れているのか、笠井は、組織設立の趣旨を、よどみなく話した。

「どうして、ミス猫娘祭りを考えられたんですか？」

「実は、昔から水木しげるさんの漫画のファンでしてね。水木先生の描く妖怪は、いかにも人間的で親しみをもてる。われわれと同じく、すべての人に幸福をもたらしたいという思いがよくわかるので、何とか、水木先生と組んで、祭りを催したいと考えていたのです。ところが、水木先生が、亡くなられてしまいました。水木先生の作られた妖怪の中で鬼太郎と、ねずみ男はよく活躍しているし、人気もありますが、猫娘は、この二人に比《くら》べて人気がないと、思いましてね。彼女のための祭りをやってみたい。そうでなければ、男女平等にはなりません。そこで、ミス猫娘祭りを計画して、この町と水木先生の事務所に企画を持っていきました。そうしたら、どちらも賛成してくださって、今回のお祭りになったわけです」

「ミス猫娘を選出するコンテストが行われますね？　これも、前々から、考えておられたんですか？」

「今申し上げたように、私は、水木先生が大好きでしたし、水木先生が生まれたところが、この境港で、私が発展を願っている山陰にあるので、とにかく、盛大な祭りにしたいと思いました。最初は、水木先生祭りのようなものを考えていました。水木先生が、作られた妖怪を全部登場させて、賑《にぎ》やかにしようと思ったのですが、今回は、私がいちばん好きな猫娘に絞ってみようと思ったのです。猫娘は若い女性ですから、美人コンテストができる。そうなれば、祭りは、ますます、華やかなものになりますからね。ぜひ、ミス猫娘コンテストをやらせてほしいとお願いして、賛成をいただきました。幸い、百人もの応募があったと聞いて、よかったと、思っているんですよ。刑事さんも、明日はぜひ、祭りに、参加してください。来ていただけるというのであれば、特等席をご用意しますよ」

笠井は、長舌《ちょうぜつ》だった。

「ご存じかと思いますが、現在、主として東京で起きている子猫のような雰囲気の女性の、連続殺人については、どう思われますか？　こちらのミス猫娘コンテストの応募条件と同じの、十八歳の女性が続けて殺されているんですが」

と、十津川が、いった。

「もちろん、その事件のことでしたら、よく、知っていますよ。これから彼女たちの人生が華やかで美しくなるというのに、無慈悲に殺してしまうんですからね。腹が立って仕方がありません。そこで、万一に備えて、ウチの若いスタッフ十人を呼んであります。全員が柔道や空手の有段者で、もし、会場に、犯人が姿を現したら、この十人で、押さえつけて、警察に突き出してやりますよ。それだけの自信があります。どうか安心していてください」

笠井の、自信満々な声に、内心苦笑しながら、十津川と亀井は、ホテルをあとにした。

二人は、すぐホテルには戻らず、しばらく境港の町を歩いてみることにした。

すでに、九時をすぎていたが、町の通りには祭り提灯《ちょうちん》が並び、新しく作った電光掲示板が、

「六月十日、境港でミス猫娘コンテスト開催。市民も観光客も、一緒になって、大いに楽しもう」

という文字で語りかけてくる。

一昔前までは、この境港は、港のある町に、すぎなかったに違いない。その町が今や、山陰旅行の基地になっている。港のほうは、豪華客船の寄港地だ。

人がたくさん出ているが、その中に、猫娘の仮装をした数人の若い女性が、腕を組

んで歩いているのにぶつかった。四人の猫娘が、十津川と亀井に、手を振りながら、通りすぎていった。この分では、明日の祭りも、大いに盛り上がることだろう。

二人は、途中にあったカフェに入った。この店のママも猫娘の仮装をしている。それを見て、亀井が、

「猫だらけですね」

と、笑った。

カウンターに腰を下ろして、コーヒーを飲みながら、四十歳くらいのママに、明日の祭りへの期待を聞いてみた。

「明日のお祭りが、盛大になることを祈っています。昔の境港《さかいこう》といったら、小さな町で、若い人たちは、みんな大阪や東京に出ていってしまいましたからね。水木先生のおかげで、この町が、日本中の関心を、集めるようになったし、町も大きくなり、何よりも、港が拡充されて、大きな船が来るようになりました。こんなこと、私が子どもの頃には、まったく、考えられませんでした。境港といったら、せいぜい、カニを食べに行くところとしか、皆さん考えていなかったのですよ。今は、山陰の交通の要所になりましたからね。港に行って、世界中の豪華客船が、泊《と》まっているのを見ると、とても豊かな気分になるんですよ。私もお金を貯めて、境港を出発して、世界を

一周する、豪華客船に乗ってみたいと思っているんです。そういう夢を見られるように、なったんですよ」

と、本当に嬉《うれ》しそうな顔で、ママが、いった。

「ミス猫娘コンテストについてはどう思いますか？」

「若くて美しい女性を選ぶんでしょう？　いいじゃありませんか？　私だって、今十八歳だったら、きっと、応募してますよ」

といって、ママは、笑った。

深夜になっても、境港の町の中は賑やかだった。通りは、どこも、明るく、提灯が揺れて、ネオンサインが、光っている。人々が、楽しそうに歩いている。

そんな空気を、十分に味わってから、十津川たちは、ホテルに戻った。

ロビーでコーヒーを飲んでいるところに、三田村と北条早苗の二人も、帰ってきた。

二人も、町の様子を、見てきたのである。

三田村が、いう。

「東京や大阪のテレビ局の中継車が、何台も来ていましたね。こういう地方のお祭りに、大都会のテレビ局が、取材に来るというのは、珍しいことだそうですよ」

「誰が呼んだんだ？」

「その点を、町の責任者に、聞いてみました」

北条早苗が、いう。

「そうしたら？」

「マスコミに影響を与えたのは、自分たちではなくて、共同主催になっている実行委員会だというのです。笠井委員長が、どうやら政治家にも大きな力を持っているようで、それでテレビ局も、動かしたのだろうと、いっています」

「笠井という人物は、どういう力を、持っているのかね？」

「やはり、お金じゃないかといっていましたね。なぜか知りませんが、今度のミス猫娘祭りに協賛している、東京の組織が、かなりの資本を持っていて、折に触れて、政治資金として、政治家個人に送りつけているのだそうです。ですから、笠井の誕生日になると、有名な政治家たちから一斉に、お祝いの電報や、花が届くそうです」

「ミス猫娘コンテストには、百人もの、応募者が集まっていて、彼女たちは、今、港に停泊している、『飛鳥Ⅱ』に泊まっている。彼女らの中から、明日、優勝者が一人と、準優勝者が二人の、合計三人が選ばれることになっている。私が、心配なのは、落選した残りの九十七人のことだ。いったい、どういうふうに、扱われるのかだ。その点、何か聞いていないか？」

十津川がきくと、三田村刑事が、答えた。

「私もそれが気になって主催者に聞いてみたところ、落選した九十七人には、この境港の町と、出雲《いずも》市大社《たいしゃ》町《ちょう》、それから、松江《まつえ》の三つの、どこでも自由に、一日遊び、そこに宿泊して、帰宅する、共通券を配るそうです。その費用も、笠井が出しているみたいです」

「境港、大社町、それに、松江の三カ所か？」

「そうです。この三つから、どこか一つを、選んでもいいし、時間があったら、この三つの町で、遊んで食べて宿泊してから、帰ってもいいことになっているそうです」

「だったら、ちょっと困ったことになるな」

「といいますと？」

三田村刑事が、虚をつかれたような顔をした。

「当たり前だろう。コンテストに入賞した三人には、世話係なり、だれかが付き添うだろう。だけど落選した九十七人の、十八歳の可愛い子猫ちゃんたちが、三つの町に、散らばっていくことになるんだ」

亀井が、三田村をたしなめた。

九十七人は、全員が十八歳で、身長百五十センチ台の、子猫に似た、可愛らしい女性たちばかりである。見方を変えれば、子猫コレクターの、絶好の獲物でもあるのだ。

獲物が九十七人もいて、それぞれが、勝手に動くのだ。九十七人全員を守るのは、かなり、難しいだろうと、十津川は、思ったのだ。

十津川たち警視庁捜査一課の四人だけでは、とうてい守り切れない。

そこで、鳥取県警に行って、自分たちの危惧を話し、県警の刑事たちに、力を貸してくれるように、頼むことにした。

3

翌日の六月十日は、朝から、快晴だった。まだ梅雨《つゆ》入りして間もないが、梅雨の晴れ間というか、そんな一日になりそうだった。

十津川と亀井は、朝食をさっさと済ませると、タクシーを呼んで、鳥取県警本部に急いだ。

鳥取県警本部の建物にも、

「六月十日、境港で、ミス猫娘祭りを開催」

と、書かれた垂《た》れ幕《まく》が、下がっていた。

祭りが予想以上に盛大になりそうなので、県警本部では、何人かの警官を、境港に派遣することにはなっているという。

十津川は、県警の捜査一課の警部と、相談することにした。相手は、今村《いまむら》という警部である。

十津川は、ここでも、東京で起きている、子猫コレクターと名付けられた犯人の、連続殺人について、今村警部に、話した。

「この犯人は、理由はわかりませんが、満十八歳で、小柄な、いわゆる子猫のような魅力を持った女性を、すでに、三人も殺しています。今日いよいよミス猫娘が、決まるわけですが、優勝者一人、準優勝者二人の合計三人が決まると、残りの九十七人は、落選ということに、なるわけです。彼女たちに対して、実行委員会が、境港の町、大社町、それから、松江の三カ所で一日遊び、宿泊してから、帰宅できるように無料の共通券を発行するといっています。子猫コレクターの犯人にしてみれば、九十七人もの子猫は、絶好の獲物では、ないかと思うのです。その九十七人が、バラバラに境港、大社町、松江と三カ所に分かれて、自由に遊んで食事をして泊まるわけです。そこで、鳥取県警のお力を、ぜひ、お借りしたいのです。犯人が境港に来ているという前提で、この九十七人の若い女性を、守る体制を作っていただきたいのです」

と、十津川が、いった。

今村警部は、地図を持ち出してきて、境港、大社町、松江の三カ所に印を、つけていった。

「十津川さんは、この三カ所で、九十七人の若い女性が襲われる可能性があると、思われるのですね？」

「その危険性は、十分あると、思っています」

「しかし、よく考えてみれば、危険なのは、この三つの限られた地域だけではありませんね。九十七人は、この三つの場所のどこに行っても、いいわけでしょう？　だとすれば、この三カ所を結ぶ線も、警戒する必要がありますね」

と、今村が、いった。

「そうです。今村さんがおっしゃるとおりです。なおさら、警戒には人員が必要になります」

十津川は、同じ言葉を、繰り返した。

今村警部は、

「ちょっと、待っていてください。島根《しまね》県警の協力も必要です」

すぐ本部長に相談しに行った。

三十分近く経《た》ってから、戻ってきて、

「今、本部長に相談して、二十五人の警官を、出動させることはできることになりました。二十五人を、三カ所の一つ一つに、八人ずつ配置すると、警官が一人しか、残りません。これでは三カ所の途中は守る余裕はありません。そこで――」

今村が、いいかけるのを制して、十津川が、

「もちろん、われわれ四人も、加えてください。そうすれば、全部で、二十九人ということになります」

「そうでしたね。それなら、余裕のある、警備ができると思います。これから相談しようじゃありませんか」

境港市内の、ホテルの一階広間を使い、ミス猫娘を決めるコンテストが、開かれる。午前十時に始まり、予選、決選と進行していく。

最初に、境港、大社町、松江の三カ所に三人ずつの警官を配置して、その三カ所の状況を調べ、犯人が隠れていそうな場所を前もって調べておく。

ホテルに、挙動不審な男が泊まっていたら、マークする。

残りの刑事は、最初は、ミス猫娘コンテストが行われるホテルに集まる。最終の審査が終わって、結果が発表になり、落選となった九十七人の女性たちが、動き出したら、刑事たちも分かれて、彼女たちを追う。

十津川たち四人は、最初は、ミス猫娘コンテストの審査会場にいて、審査が終わった時点で、落選した九十七人を、県警の刑事たちと一緒に、警護することに決めていた。

定刻の午前十時になって、コンテストが始まった。

全員が、猫姿である。百人ほどの若い娘たちは、それぞれに意匠《いしょう》を凝《こ》らしていた。膝《ひざ》小僧を出した、赤いワンピース姿の、大人になった猫娘のコスチュームが目立った。どれも、後ろ髪に結んだ、大きなリボンが、トレードマークになっている。

町中の猫娘の銅像は、まん丸のギョロ目で、のこぎり歯をむき出して、魚を丸かじりする異形《いぎょう》だったので、さすがにそれを真似《まね》る、参加者はいなかった。

中には、猫のぬいぐるみに、すっぽり身体《からだ》を包みこんで、顔だけ出している女性もいたが、これでは、身体の線が隠されてしまう。

客席は満員だった。

応募者たちはまず、十人単位で審査され、その中から二人が選ばれる。

第一次審査が、終わった時には、猫娘の数は、百人から二十人に、絞られた。最後は、その中から、ミス猫娘と、準ミス猫娘二人の三人を、選ぶ審査になった。

まず、準ミス猫娘の二人が、選ばれ、最後に、ミス猫娘一人が、選出された。

いったん三人は、控え室に下がり、司会を務《つと》めた、地元テレビ局のアナウンサーから、残った九十七人の出場者に対して、境港、大社町、松江の三カ所で遊んで食事をし、宿泊して、そして、帰宅するまでにかかったすべての費用を、主催者が、支払うことが知らされ、九十七人の若い女性たちは、歓声を上げた。

会場にいた十津川たち四人と、県警の警官たちが、すぐに、九十七人の女性たちの後を追った。

境港も人気があったし、出雲大社も人気がある。もちろん、松江もである。

それぞれが、ちょうど三分の一くらいずつの人数になって、電車やバスを使って、散らばっていく。テレビ局のカメラや新聞記者たちが、彼女たちの後を追いかけていく。

十津川たち四人は、遊軍の形で、参加者たちを見守っていく。

時間が経っていく。

境港でも、大社町でも、そして、松江でも、事件発生の報告は、十津川の耳にはまだ聞こえてこなかった。

九十七人の若い女性たちは、泊まるホテルや旅館を決め、名物の食事を味わってから、夕方の町に散っていく。

まだ、事件発生の知らせは、どこからも、届いてこない。

十津川たちは、一応、境港のホテルにチェックインしたが、もちろん、ホテルに入らず三カ所の町を見回るつもりである。犯人が、いつ、彼女たちに、危害を加えるかわからなかったからである。

「これだけ、厳重に警戒していると、さすがに、犯人も動きが取れないのかもしれませんね」

亀井が、いった。

夜が明け、九十七人の女性たちは、それぞれ、泊まったホテルや旅館で、朝食をとり、各自が、列車やバスに乗り込んで、帰宅の途《と》に就《つ》いた。

県警の刑事たちも、彼女たちと一緒の列車やバスに、乗り込んで、帰宅する彼女たちを、最後の最後まで、見届けることになった。

県警の今村警部も、ほっとした顔でいった。

「これだけ厳重に警戒すれば、犯人も動けんでしょう。このまま、無事に終わりそうですね」

まだ、犯人が現れたという報告はない。九十七人の女性たちも、全員が、満足して帰っていった。

十津川たちは、県警本部に行き、本部長に、協力へのお礼をいっていた。

その時、突然、緊急電が入った。

昨日の審査会場で、ミス猫娘に選ばれた東京の女性が、姿を消したというのである。

4

犯人の子猫コレクターによる誘拐なのか?

もし誘拐だとしたら、一連の事件とは、性格が違ってくる。

これまでの犯行現場は、いずれも、女性の自宅内だった。犯人は、女性宅に押し入ると同時に、殺害している。死体も、その場に放置したままだった。犯行を隠すために、死体を遺棄《いき》するようなこともしていない。

しかし今回は、コンテストに優勝した女性は、審査会場のRホテルから、姿を消していた。Rホテルの自室で、死体になっていたのではない。

女性自身の意思による、単なる失踪《しっそう》か？　それとも、子猫コレクターによる誘拐か？

会場の世話係からの聴取では、本人の意思による失踪は、考えられないという。複数の人間が、そう断言した。

時間が経つにつれて、犯罪の匂《にお》いが強くなってきた。

犯人は殺すだけではなく、誘拐することもできるということを、警察に、示したかったのかもしれない。

ついに警察は、誘拐と断定した。

ミス猫娘を歩いて連れ去ったとは思えなかった。たぶん、車を利用したのだろう。

刑事たちは、ミス猫娘を誘拐するのに使ったと思われる犯人の車を、探すことに全力をあげた。

現場のホテルから、一キロの円を描いて、その円の中を、しらみつぶしに探していく。それで、見つからなければ、その円の半径を、さらに、広げていくという捜査の方法である。

ミス猫娘の女性が入っていたホテルの部屋からは、催眠《さいみん》ガスの痕跡《こんせき》が、かすかに認められた。またホテルの従業員のユニホーム一着が消えているのがわかった。

おそらく、犯人は、ホテルの従業員のユニホームを着て、ルームサービス係になりすまして、女性の部屋に入り、女性を安心させておいてから、催眠ガスをかがせて眠らせ、女性を部屋から連れ出し、どこかに、停《と》めておいた車に乗せて連れ去ったのだろう。

一キロの円内では見つからなかったので、捜査の範囲を広げていったが、その途中で、不審な白色の車が発見された。ワンボックスカーである。

ナンバーを調べた結果、地元境港市の車であることがわかった。

車の所有者によれば、六月十日のミス猫娘コンテスト当日の朝早く、自宅の近くで、盗まれたという。

その車が、半径をさらに一キロ広げた円内で見つかったということは、そこで、別の車に乗り替えたと見ていいだろう。

近くに、屋外駐車場があった。駐車料金は一日千百円という安い駐車場なのだが、その代わり、簡単な柵すら作られていない。

県警の刑事が、調べたところ、その駐車場の奥のほうに、停まっていたメルセデスベンツのC400がいなくなっているという。そのベンツに乗り替えて、犯人は、ミス猫娘の女性を、どこかに連れ去ったのかもしれない。

県警の刑事たちは、すぐに、犯人の車を国産のワンボックスカーから、ベンツのC400に訂正した。

一方、ミス猫娘コンテストの実行委員会は、この事件のことは、公表せず、準ミス猫娘の一人を、ミス猫娘ということにして、境港の町の中を、行進して、市民たちの歓声に応《こた》えるのだという。ミス猫娘コンテストに優勝した女性は、夏風邪を引いて倒れ、境港の病院に入院していると発表された。

十津川は、東京にいる部下の刑事に、

「ミス猫娘を誘拐した犯人は、今日中に、東名《とうめい》高速から、首都高速に入る可能性があるので、東名高速と首都高速の間に検問所を設《もう》け、一台ずつ検問しろ」

と、命令した。

誘拐犯は自動車で、東京方面に向かうかもしれない、十津川は、そう思った。

三月と四月の殺害現場は、四谷と南青山だった。犯人は、それぞれの被害者の素《す》姓《じょう》を、丹念に調べ上げていたと推測された。

そのための拠点を、犯人は用意していたはずである。少なくとも犯人には、東京での土地鑑《かん》があった。

今回は、わざわざ催眠ガスで眠らせて、誘拐したのだから、被害者の女性を、どこかへ運ばねばならない。その運び先は、やはり土地鑑のある東京ではないか？

十津川は、そう考えたのである。

三上本部長も、十津川の意見を、認めてくれた。

ミス猫娘は東京世田谷《せたがや》区の永田香織《ながたかおり》という十八歳だった。彼女の本名と、世田谷の自宅を知らせて、そこにも、刑事を行かせることにした。

東京では、警視庁捜査一課の十人の刑事が、東名高速と首都高速の間に、検問所を作るために急行し、また五人の刑事が、世田谷の家に向かった。

検問所が設けられ、首都高速に入ろうとする車、特にベンツＣ４００に注目して一台ずつ検問したが、ミス猫娘を乗せた車は、一向に、検問に引っかかってはこなかった。

その報告を受けた十津川は、おそらく、東名高速の終点まで行かず、途中で、一般道に降りたに違いないと判断した。

そこで、刑事たちは、東名高速の上り車線に入り、インターチェンジなど一般道路への出口に着くと、そこで、情報を集めた。ベンツＣ４００、色は白。そんな車が、そのインターチェンジから一般道路に出なかったかどうかを、聞いて回った。

しかし、東名高速から、一般道に出た車があるという話は、なかなか、聞くことができなかった。

その後も、臨時の検問所でがんばっていたが、三田村刑事は、十津川に向かって、

「今まで、すべての車両を検問してきましたが、犯人と思われる人間も、誘拐された女性も見つかっていません」

と、報告した。

やはり、ここまで来る、途中のインターチェンジで、犯人は、眠らせたミス猫娘を乗せた車を運転して、東名高速から降りてしまったと考えざるを得なかった。

東京の捜査本部に戻ると、十津川は、今回の祭りを、マスコミが、どう報道しているのか気になった。

翌日の新聞朝刊は、次のように報道していた。

「境港は、今回のミス猫娘祭りによって、日本海側の玄関口として、その存在感を大きくした。

鳥取県知事や境港市長は、今回の祭りは、大成功だったといっている。

一般の市民も、これで、観光客が増えるだろうし、港も拡大し、世界中の豪華

客船が、日本への入口として、境港を使うようになるだろうと、語っている」

この記事の後に、ミス猫娘コンテストの審査風景や、境港市内の賑わいなどの写真を入れていたが、もちろん、ミス猫娘コンテストの優勝者が、誘拐されたことは、一行も載《の》っていなかった。

問題のミス猫娘コンテストを、共同主催したのは境港市と東京にあるミス猫娘コンテスト実行委員会である。また、この大会の、警備に当たったのは警視庁ではなく、鳥取県警である。

だからといって、警視庁捜査一課の十津川たちに、責任がないというわけではない。

鳥取県警と協力して、ミス猫娘祭りの警戒に当たった責任は、十津川にもあったし、ミス猫娘コンテストに敗れた九十七人の中から犠牲者が出るだろうという予測のもとに警備に当たったのは、まぎれもなく、十津川たちなのである。

だが、犯人に、まんまと、逃げられただけではなく、祭りの中心にいたミス猫娘を誘拐されてしまったのである。

東京に戻った翌日、十津川と本多《ほんだ》一課長、それに、三上本部長の三人が、今回の事件について、話し合った。

「今回の失敗は、われわれ警視庁の責任である」

と、まず、三上が、いった。

「唯一の救いは、誘拐されたミス猫娘、永田香織さんが、今までのところ、殺されたという報告が、入っていないことだ。彼女が生きている間に、犯人を逮捕して、彼女を両親のもとに、返すことができれば、われわれの名誉も少しばかり、回復される。現在第一に調べることは、犯人が、今どこに、永田香織さんを、監禁しているのかということだ。どう捜査を進めたらいいか、十津川君、君の意見が、聞きたい」

「私も、三上本部長と、同じ思いです。今回の行動から見て、犯人は、東京の人間だろうと思います。東京の犯人が、わざわざ鳥取県の境港まで行って、ミス猫娘を誘拐し、車で東京まで、運んだと思われます。犯人は、今までのように女性をすぐには殺していないのです。警護に失敗した、私たちにとって、唯一の救いです。今、本部長がいわれたように、彼女が生きている間に、犯人を見つけて、彼女を救い出したいと、私も希望しています」

「今回、犯人が、誘拐した女性をすぐには殺そうとせず、わざわざ境港から東京まで、車で運んだのは、なぜだと思うかね？」

と、三上がきく。

「正直にいって、私にも、その理由はわかりません。身代金《みのしろきん》を要求するつもりではないかと思い、永田香織の家に電話しましたが、いまだに、犯人からの連絡はないという返事でした。誘拐した理由がわかれば、一歩犯人に近づけると思うのですが」

「たしかに、それがわかれば、捜査は進展するかもしれんな」

と三上も、いう。

十津川は、続けて、

「犯人は、今回に限って、ミス猫娘を誘拐しても、殺さず、車に乗せて東京まで運んだと思われます。理由はわかりませんが、私に、一つだけ考えられるのは、警察に挑戦するつもりではないかということです。もし、私の想像が当たっていれば、間もなく、犯人から連絡が入るに違いありません。そうなれば、われわれにも、彼女を助け出すチャンスが生まれることになります」

「警察に対する挑戦？　どういう意味だね？　わかるように、説明してくれ」

「犯人は、自己顕示《けんじ》欲の強い男だと思います。いずれも紐による絞殺で、犯行日は、判で押したように、月の十日。被害者は、三人とも十八歳の女性。そこに犯行の類似性を見ない警察なんて、あり得ないでしょう。犯人もそれくらい、計算済みのはずです」

「われわれも、気づいているはずだと？」

「そう犯人は考えているはずです。警視庁管内で、続けて二件の、同じ手口による殺人事件が発生したのです。だれが考えても、同一犯による犯行ではないかと、疑います」

「それで、警察への挑戦、というのは？」

「日本の警察は、世界でも有数だと、知られています。三人の被害者に、共通のあだ名があったことも、とっくに突き止めていると、犯人は思っています。ですから警察が、六月十日の、境港での猫娘コンテストに注目するのは、犯人も重々、承知していました」

「鳥取県警からの連絡では、ずいぶん厳重な警備態勢を、敷いていたようだから、それも肌で感じていただろうな」

「そのとおりだろうと思います。にもかかわらず、犯人は殺害を選ばず、誘拐という挙に出ました。永田香織さんを、ホテルの室内で絞殺し、遺体をその場に放置すれば、犯人は部屋の外に出たとたんに、ただの通行人として、町にあふれていた観光客にまぎれこめました。

しかし、そうはしなかった。厳重な警戒の網をくぐって、永田香織さんを、運び出したのです。まるでわれわれを、あざ笑うかのようにです。私が、警察への挑戦だというのは、そういう意味です」

「なるほど。たしかに挑戦とも受け取れる、犯行だな」

三上本部長も、納得顔で、頷《うなず》いた。

「犯人のそうした性格を考えると、次には、犯行予告のようなことを、仕掛けてくるのではないでしょうか」

「犯人は、どんな方法を使って、それをやるというんだね？」

「直接われわれに、なんらかの連絡をしてくるのではないかと、思っています」

「君のいう、自己顕示欲を満足させるためにかね？」

「そう思います。しかし、これまでとは違います。われわれは、今までは、殺害犯人だけを追っていました。しかしこれからは、誘拐された女性の生命《いのち》を賭《か》けての、犯人との闘いになります。永田香織さんを無事に、ご両親のもとにお帰しできるかどうか、それが問われています」

会議が終わって、しばらくした時、本多一課長の机の電話が鳴った。

本多一課長が出る。

本多は、何か一言、二言応じてから、電話の送話口を、手で押さえて、十津川と三上に向かって、いった。

「犯人からです！」

第三章　犯人との攻防

1

本多一課長の言葉で、予期していたこととはいえ、三上本部長と十津川の顔に、緊張の色が走った。

「どこの誰が、いったい、何といってるんだ？」

と、三上が、聞いた。

それに対して、本多一課長が答える。

相変わらず送話口を、手で押さえたままで、

「犯人と名乗る男からです」

と、いいながら、本多一課長は、電話機に取り付けてある、録音機のスイッチを入

れた。

「もう一度いってくれ。君の希望は、何なんだ？　それを、知りたい」

「俺に、同じことを何回もいわせるんじゃない」

男の声が、マイクを通して、三上と十津川の耳にも届いた。

「しかし、君のいっている言葉の意味がよくわからないんだ。わかるように、いってくれないか？」

「君たちは、この俺に子猫コレクターなどという、結構なあだ名を、つけてくれたようだな。あだ名は、大いに気に入った。俺の目的を、きちんと表現してくれているからだ。今回、俺は、境港でミス猫娘を、誘拐した。それまでの俺は、子猫を殺してきたが、これからは、子猫を、生きたまま集めるつもりだ。警察は、境港で俺の邪魔をしてくれたが、そんな邪魔は、次からは通用しないよ。俺は、子猫コレクターという、あだ名どおりに、可愛い子猫たちを集めていくつもりだ。そうだ、あんたたちに、あらかじめ、伝えておくことにしよう。一カ月後に鎌倉《かまくら》で、十八歳の子猫を誘拐する。あんたたちに、それを防げるかね？　できたら、日本の警察は、素晴らしい、優秀だと、ほめてやるが、難しいだろうな。まず日時だ。六月十日に、ミス猫娘を、誘拐しているから、一カ月後の七月十日だ。鎌倉にいる、可愛らしい子猫ちゃんを、この日に誘拐する。俺も、競争相手がいないとつまらないから、あんたたち警察に、競争相手を務《つと》めさせよう。それを防ぐことができるか、それとも、俺が、警察の厳しい警戒をかいくぐって、鎌倉の可愛い子猫ちゃんを、手に入れることができるか、競争しようじゃないか？　せいぜい、がんばってくれ」

男の電話は、ここで終わった。

警察にかかってきた電話は、警察が切らない限り、そのまま、つながっている。

十津川は、つながっている線を、辿《たど》っていくことにした。

2

犯人は、自信満々に、警察に挑戦してきたのだから、警察への電話は、警察側が切らない限り、つながったままだということぐらいは、当然知っているだろう。

それならば、犯人は、自分の携帯とか、友人や知人の電話を、使ったりはしないはずだ。

そう考えて調べていくと、やはり犯人は、東京駅の公衆電話から、かけてきたことがわかった。三田村と北条早苗の二人を、すぐに、東京駅に向かわせた。

昔は、東京駅の構内に何台、いや、何十台もの公衆電話が、並んでいたのだが、携帯電話の普及に伴《ともな》って、最近は極端に少なくなっている。

それでも三十分前に、その公衆電話を使っていた男のことを、覚えている駅員は見つからなかった。

十津川は、犯人と、本多一課長との電話の録音を、何回も、繰り返して聞いた。

急遽《きゆうきよ》開かれた捜査会議で、十津川は、自分の考えを披露した。

「犯人の男が、なぜ、警察に予告の電話をしてきたのかは、わかりませんが、自信満々な口調から考えると、警察に挑戦してきたものと、思われます。従って、鎌倉に住む十八歳の子猫を、七月十日に誘拐するという、犯人の言葉は、嘘《うそ》でも冗談でもなく、本気だと思います。鎌倉に捜査線を敷き、犯人を、逮捕するつもりです」

「しかし十津川君。一口に、鎌倉といっても範囲が広いから、犯人が次にターゲットにしている十八歳の女性は、何百人も、いるんじゃないのかね？　その全員を、守りきる自信が、あるのか？」

と、三上が、聞いた。

「どうやったら、守れるのか、それを考えます」

十津川が、いうと、三上本部長が、続けて、

「私には、できるとは、思えないね。何しろ、境港で失敗しているからね」

と、冷たいいい方をした。

たしかに、境港のミス猫娘を、保護できず、犯人に、誘拐されてしまったのは、警察の、いや、十津川の、負けである。三上にいわれるまでもなく、十津川自身も痛いほどわかっている。

「犯人のフェイントだとは、考えられないかね？　わざと七月十日に、鎌倉で、十八歳の子猫を、誘拐するといっておいて、まったく別の場所で、別の日に別の子猫を、誘拐するということだって、考えられるんじゃないのか？」

「たしかに、その恐れは、あります。しかし、今回は、犯人の言葉を、信じるしかないと、思うのです」

「理由は何だ？」

「この犯人は、三人の子猫を、殺すまで、何の要求も、してきませんでした。誘拐や監禁もせず、三人の子猫を、予告なしに続けて殺したのです。境港では、何の予告もせずに、ミス猫娘を誘拐し、監禁しました。そこで、私は、勝手に想像しました。たぶん、三人目までの子猫の殺しが、あまりにも簡単に、できてしまったので、面白くなくなってしまったのではないか。そこで、四人目は、ミス猫娘を、狙《ねら》って誘拐し、殺さずに、監禁しました。それも成功したので、さらに自信を持ち、次には、警察に対して予告をした上で、誘拐し、監禁しようと、しているのではないでしょうか？　犯人にしてみれば、今まで、簡単に事が進んできたので、次はもっとも危険な冒険をしてやろうと考えたのですよ」

「もっとも危険なこと？　どういうことだ？」

「まぎれもなく、警察に対する挑戦です。そう考えると、犯人は、予告どおりに、七月十日に鎌倉に住む十八歳の女性を、誘拐し、監禁するつもりでいるに違いありません。警察のハナをあかして、快哉《かいさい》を叫ぶつもりでいるんだと思います。もちろん私は、犯人からの挑戦を受けて立つつもりでいます」

「犯人の挑戦を受けるのはいいが、これが犯人のフェイントだったら、どうするのかね？　われわれを騙《だま》しておいて別の場所、別の日に子猫が誘拐されたら、警察は、世間の嘲笑《ちょうしょう》の的《まと》にされるぞ。その時は、いったい、どうするんだ？　君が責任を取るのかね？」

「わかっています。もちろん、犯人におくれをとった時は、責任を取ることを考えています」

十津川が、覚悟をのべた。

「とにかく、七月十日までは、まだ、三週間以上ある。その間に、犯人に勝てる捜査方針を考えて、私に、報告してくれ。その時に、もう一度、捜査会議を開くから、私を安心させてくれ」

と、三上が、いった。

3

十津川は、次の誘拐、監禁に対して、対抗手段を考えることだけをやっているわけではない。境港で、ものの見事に、ミス猫娘を誘拐されてしまった責任を、十津川は、強く感じていた。

第一にやらなければならないのは、誘拐監禁されている、ミス猫娘こと永田香織を見つけて助け出すことである。

どうやって、探し出すのか、十津川は、亀井刑事たちと、その方法を考えることにした。

まず、十津川が、いった。

「彼女は、犯人によって、東京まで運ばれてきて、東京のどこかに、監禁されていると思っている」

「私も、永田香織は、東京都内の、どこかに監禁されていると見ています」

亀井が、十津川に同調した。

「この事件の犯人は、いったい、どんな男なのかを考えてみよう。これは印象だが、年齢は三十歳から、五十歳くらい。十八歳の若い女性を誘拐し、監禁しているのだから、おそらく、犯人は独身だろう」

「でも、性的な変質者ではないと、思います。四谷と南青山の事件現場には、犯人の異常な性癖《せいへき》がうかがえるものは、ありませんでしたから。半分は、女の勘《かん》みたいなものですけど」

北条早苗が、口を挟んだ。

「いや、そういった面では、女性のほうが、鋭い感性を持っているから、大いに参考になるよ」

十津川は、北条早苗が感じたことは、妥当《だとう》だと思った。

「ただ私は、犯人が、十八歳と、子猫ちゃんというあだ名に、執着していることに、異常さを感じますが」

今度は、西本が、口を開いた。

「それに、十日という犯行日のこともある。心を病《や》んでいる、という気はするな。どうでしょう、警部?」

亀井が、十津川にきいた。

「カメさんのいうとおり、どこか心のネジの、狂っているところを感じるね。その原因はわからないが、そのうち、はっきりするかもしれない。それから、言葉の訛《なま》りだが、本部にかかってきた電話の声には、どこか、関西ふうのものを感じる。それをあえて抑《おさ》えてしゃべっているような、印象を受けた。一応、調べてもらっているが、まだはっきりしていない」

「われわれに、関西訛りの区別は、難しいですよ。同じ関西でも、京都《きょうと》と大阪、滋賀《しが》と兵庫《ひょうご》でも違いますし、それぞれの県で、もっと細かく区分されて、微妙にアクセントが違いますから」

「永田香織に、話を戻すが、彼女が、どんな女性か、彼女の両親や、友人に会って、話を聞いている。彼らの証言によれば、彼女は、頭がよくて気が強いところがあり、何事に対しても計画を立てて、その計画にしたがって、実行するという性格らしい。誘拐・監禁された後も、落ち着いて、脱走の機会を、狙っていると、見ていいだろう。それに合わせて、われわれも救出方法を考えたい。

東京都内の各警察署に電話して、管内に、男が若い女性を監禁しているらしいといった噂《うわさ》があったり、不審な家や、マンションなどがあったら、すぐ乗り込んでいって調べてもらうように頼む。あと二週間で、解決されなければ、公開捜査になる。それまでに、永田香織を見つけ出したい」

今も、境港の市長は、六月十日のミス猫娘コンテストは、大成功の裡《うち》に終わり、ミス猫娘も決まって、お祭りは、無事に終了したと語り、誘拐事件のことには、一言も、触《ふ》れていない。おそらく、公開捜査になるまで、その姿勢を崩さないだろう。

十津川にしても、その間に、誘拐された永田香織を見つけ出し、犯人を逮捕したいのだ。

都内の各警察署の署長を集めて、十津川が、境港における誘拐事件について説明し、全力を尽くして、永田香織を探し出してほしいと、要望した。そのために、永田香織の写真を大量にコピーして署長たちに送った。

しかし、十津川は、防御的なことだけに全力をつくしているわけではなかった。

犯人は、警察に挑戦してきたのである。受けて立たないわけには、いかないのだ。

犯人に対して、攻勢を取るためには、正確な犯人像を持たなければならない。そこで、犯人と本多一課長が交《か》わした電話の録音を、捜査員全員に、持たせることにした。

犯人を目撃していないし、特徴もつかんでいない。今、十津川たちにわかっているのは電話の声だけである。幸い、かなり特徴のある声だから、もし、似たような声に接したら、すぐ、声の主を見つけて、職務質問をするようにと、刑事たちに指示した。

その他、境港の祭りに集まった観光客を撮った写真を全部集めて、怪しい動きをする人物がいなかったかを調べたりもした。が、これといった手掛かりは見出《みいだ》せなかった。

永田香織も見つからないし、犯人の姿も消えてしまった。

三上本部長のご機嫌が日ごとに悪くなっていく。

そんな三上に向かって、十津川は思い切って、

「本部長に、一つ、お願いしたいことがあるのですが」

と、いった。

「何のことをいってるんだ。この二週間、刑事たちを総動員して、聞き込みをやっているが、何の収穫もなく、すべて空振りに終わってしまっているじゃないか」

と、三上は、皮肉をこめて、いった。

「たしかに、部長のいわれるとおりで、返す言葉がありません。自分でも、よくわかっています。このままでは、どうしようもないので少し違った捜査を、やってみたいのですが、ぜひ本部長に許可していただきたいのです」

十津川は率直に、捜査の手詰まりを認め、あくまでも低姿勢で、三上におうかがいをたてた。

「君が考えている新しい捜査というのは、私が許可しなければ、できないようなことなのかね？」

「そうですが、前例がないことなので、おそらく、本部長は、許可を与えてくださらないのではないかと、心配しております」

「私が許可しないだろうと、いいながら、それでも、私の許可が、欲《ほ》しいというのか？」

「そうです。今のままでは、どうしようもないので、思い切ったことをやりたいのです」

「君のいう、思い切った方針転換とは、いったい、どんなことなんだ？　きちんと説明してくれ」

三上の厳《きび》しい口調は、変わらない。

「うまく行くかどうかは、私にも、わかりません。犯人が、普通の人間であれば、失敗するようなことですが、それでも、この方法を、ぜひやってみたいのです。今のままでは、犯人が、指定した七月十日になっても、犯人も人質も、見つけることはできないと思いますから」

「君が、いったい、何をしたいのかはわからないが、その方法を採《と》れば、犯人か永田香織に少しでも、近づけるのかね？　その確証は、あるのかね？」

「正直に申し上げて、それも、わかりません。失敗すれば、たぶん、犯人が、大喜びするでしょう。しかし、成功する可能性も、あるのです」

「犯人と人質に近づけるチャンスが少しでもあるというなら、この際、許可しよう。今のままでは、どうしようもないからな」

「ありがとうございます」

　と、十津川が、頭を下げた。

「それで、君がやりたい方法というのは、どういうことだ？　具体的に、説明したまえ」

「私が考えたのは、一言でいえば、一時的に、捜査を中止してしまうことです。聞き込みも、やめます。各警察署にも、一時、捜査を、中止するように要請します。正直に、お手上げであることを示すのです」

十津川がいうと、案の定、三上本部長は、眉間《みけん》に、シワを寄せて、十津川を、にらんだ。

「おい、いくら何でも、捜査を中止するというのは、警察にとっては自殺行為だぞ。いくら、聞き込みをやっても、犯人が見つからず、監禁されている人質にも近づけないというので、捜査を、放棄してしまうのかね？　そんなことをしたら、永田香織の家族や友人知人の、警察に対するこれまでの、信頼を失ってしまうぞ。いや、日本中の、今まで警察を頼りにしてきた人たち、全員が怒って、警視総監に石をぶつけてくるぞ」

「わかっています。が、それでも、この方針を、試してみたいのです」

「捜査の放棄だろう?」

「そうです」

「犯人に対して、参りましたと白旗をあげるんだろう?」

「おっしゃるとおりです」

「君は、いったい、なにを考えているんだ?」

怒りを通り越して、呆《あき》れたような、三上の声だった。

「犯人は、捜査本部に、電話をかけてきました」

「われわれを、バカあつかいしていた。警察に勝った気でいるんだろう」

「見事でした。鳥取県警や、われわれの警備の盲点をついて、ミス猫娘の誘拐をしとげましたから」

十津川が、大きく頷《うなず》いたので、三上は、面食らったようだった。

「犯人をほめても、仕方がないだろう」

「現在までは、犯人が勝ちなのは、間違いありません。もしあのまま、犯人が、なんの連絡もしてこなければ、それこそお手上げでした。ところが犯人は、電話をしてきました」

「だから、いまいましいんじゃないか」

「しかし、そこが、狙い目だと思います」

「よくわからんが……」

「犯人は、小さな勝利感では、満足できない人間なのです。欲張りというか。ですから、より大きな勝利感を味わいたいのです」

「今でも、十分に、勝利を味わっているはずだがね」

「犯人が、誘拐予告をしてきたのは、現状に満足していないからです。犯行の実行日や、実行地域を予告すれば、当然、逮捕される危険性は、高まります。そんな危険を冒《おか》してまでも、犯行を達成するからこそ、勝利の美酒は、さらに美味《おい》しくなります。だったら、もっと美味しくしてやろうじゃないか、というのが、私の考えです」

「美味しくすると、どうなるんだ？」

「犯人の心理は、いわば、自縄自縛の状態ではないか、と考えています。より大きな勝利感を味わうためには、より危険な橋を渡らねばなりません。犯人にしても、危険性が増すことは、重々、承知しています。しかし、突き進むしか道はない。心が囚《とら》われているからです。この犯人の弱点をつけば、向こうから、近づいてくるはずです」

「君のいうことも、一理はあるような気もするが、それにしても、捜査を中止するというのは……。君のクビどころか、私のクビまで飛びかねんぞ」

「どうか、捜査を、中止させてください」

「犯人が信じると、思うかね？」

「大丈夫、信じます」

「どうしてだ？」

「われわれが、本当に、お手上げだからです」

十津川の言葉で、三上が笑った。気の抜けた笑いだった。

「辞表を、書いておいてくれ」

三上は、それだけをいった。

十津川は、頭を下げた。

4

前代未聞のことである。

十津川は、すぐさま、捜査本部を解散し、留守番に、一人だけ若い刑事を置いた。

次に、各警察署に聞き込みの中止を伝達した。

捜査本部の解散は、一時的なものといったので、反対はなかった。

しかし、各警察署のほうは、署長たちが反対した。

それでも、話し合いを続け、七月一日に、ようやく署長たちも折れて、捜査は一切、中止された。

十津川が、予想したとおり、マスコミがこの異例の事態を取りあげた。どの新聞も、

「犯人に負けた警察」

「弱くなった日本警察」

「とにかく、警察は、弱くなった」

「犯人に降参するなら、市民に土下座せよ」

とにかく、新聞は、書き放題だった。テレビも同じだった。

昨日まで、捜査本部で、活躍していた刑事たちの中には、捜査をやめてしまっただけではなく、さっさと、海外旅行に出かけてしまった、つわ者もいた。

市民の批判は、どんどん大きくなっていった。

捜査本部に、抗議の電話が殺到した。

しかし、電話に出るのは、留守番役の若い刑事一人である。

その上、この刑事は、捜査のことを知らないので、

「本部長も一課長も、どこで何をしているのかわかりません」

「十津川警部も、昨日から、顔を見せておりません」

「今、聞き込みもやめております」

この繰り返しなので、電話してきた人たちは最後には、腹を立てた。

「十津川や一課長がそこに来たら、いっておいてくれ。バカ、阿呆《あほう》、死ね――と」

この電話を、大きく取りあげた新聞が、あった。

その日の夜、十津川の待ち望んでいた電話がかかった。

あの男の声だった。

「おい。捜査中止って、いったい、どうなってるんだ？　わけをききたいから一課長を電話に出してくれ」

「それが、昨日から、雲がくれして、連絡が取れません。犯人の君にも連絡できないし、永田香織の行方もわからん。これでは、マスコミ対応に困り果てて逃げてると思うかもしれないが、本当に、居場所がわからないんだ。困ってる」

「十津川警部は、そこにいないのか？」

「いない。一課長も、刑事たちもいないから、仕事ができない。それで、家に帰ってしまったんだと思う。さっき、今日は休むと電話があった」

「それで、君たちは、これから、どうするんだ？」

「君自身は、どうするんだ？」

と、刑事が、逆にきき返した。

「七月十日に、予告どおりに、子猫の誘拐を実行する」

と、男はいった。

その言葉に、こちらは大きく反応しなければいけないのだ。犯人も、それを期待しているのだろうが、若い刑事の反応は、ひどく鈍《にぶ》いものだった。

「そうか」

といっただけだった。

一瞬、犯人は、黙ってしまったが、

「すぐ、一課長や、十津川という警部に伝えておけ」

と、声を大きくした。そこに、犯人の不満が表れていた。

「しかし、一課長も十津川警部も、どこにいるか、わからないんだ。わかったら、伝えておく」

と刑事は、いった。

「俺は、今、警察に挑戦状を叩《たた》きつけてんだぞ。わかっているのか？」

「わかっているが、ここには、誰もいないから、どうしようもない。一課長や十津川警部が見つかったら、伝えておくよ」

「俺は、子猫コレクターと呼ばれている男だぞ。君たち警察が、そう呼んでいるんだ。わかっているのか。今、五人目の子猫を誘拐すると宣言しているんだぞ」

「私が、子猫コレクターというあだ名をつけたわけじゃない。あのあだ名をつけたのは、誰だったか、調べてから――」

「もういい！」

とうとう犯人が、怒鳴《どな》った。

「困ったな。私たちは、全力をつくしているのだが、容疑者もわからないし、境港で誘拐された人質の行方《ゆくえ》もつかめない。それに、私たちは、これまでの連日の聞き込みで、疲れ切っている。気力もなくなってくるし、頭も回転しなくなって――」

「少し黙れ！」

犯人は、また怒鳴り、それきり、声がきこえなくなった。

怒りに乗せて、電話を切ったのかと思っていると、犯人の声が戻ってきた。

「警察が敗北を認めるのなら、捜査本部は屋上に白旗をあげるんだ」

「なぜ、白旗を？」

「今のままでは、勝利感がなくて面白くない。だから、白旗をあげるんだ」

「わかった」

「二十分以内だ。おくれたら、人質を殺す」

と、いって、犯人は、電話を切ってしまった。

十津川は、すぐ、刑事たちを集めた。

「この捜査本部を中心に、屋上の白旗が見える円を描くんだ。そこから車で二十分のところにも円を描く。その範囲に、犯人はいる。それに、前と同じで、公衆電話を使っていると思うから、公衆電話のある場所だ」

十津川の思惑《おもわく》は、当たったのである。犯人は、それとは知らずに、自分のいる位置を、教えてくれた。

一つは、二十分後には、捜査本部の屋上を、見上げることのできる場所に、姿を現す、ということである。

もう一つは、「二十分以内」と、時間を区切ったことである。

移動手段が、徒歩か、自転車か、あるいは車か、それはわからないが、その二十分間で、この近くまで来れる場所から、電話をかけているのだ。

十津川は、三上本部長に、「犯人は、向こうから近づいてきます」と断言した。それを証明した形になった。犯人の心理を、的確につかんでいるという、確信を持つことができた。

電話会社に問い合わせて、捜査本部から、車で二十分以内に行ける、公衆電話の設置場所が、確認できた。

犯人はすでに、移動を始めているだろう。しかし、犯人が使った公衆電話を特定できれば、その地点から捜査本部を結ぶ線上に、かならず犯人がいる。

四人の刑事が、覆面パトカーに分乗して、外の円に向かって、急行した。

残った刑事たちは、白旗を掲《かか》げる準備に入った。

署長室に、日の丸の国旗はあるが、その大きさに匹敵《ひってき》する白旗など、置いていない。せいぜいが手旗くらいである。

仮眠室にあった白いシーツを切り裂いて、それらしいものを作った。

「二十分ぎりぎりに、屋上にあげろ」

十津川は、そう指示した。

犯人を、二十分後ちょうどまで、この近くに引き付けておきたかったのである。公衆電話を特定し、犯人を追跡するための、時間稼ぎだった。

犯人が指定した時間まで、あまり余裕はなかった。

八人の刑事が、捜査本部から放射状に、飛び出していった。

屋上に、白旗を掲げてしばらくして、電話がかかってきた。

「白旗を見た。記念に写真を撮っておいた。気分のいいものだな」

と、男の声が、いった。

こちらは、前と同じ若い刑事が、電話に応じたのだが、犯人は、

「そこに、十津川警部がいるのなら、電話に出せ」

と、いう。

時計を見ると、白旗を掲げてから、十分近くが経過していた。

犯人は、白旗を確認してから、少し移動したのに違いない。

近辺に散っていった刑事たちは、犯人を取り押さえられなかったようである。

十津川は、受話器を手にした。

「私に、なんの用だ？　満足したか？」

「ああ、いい気分だ」

「それだけをいうために、電話をかけてきたのか？」

「いや、それだけではない。もっともっと楽しもうと思ったんだ」

「もう十分に、振り回してくれたじゃないか」

「俺にとって、警察の諸君を振り回すのは、たやすいことだ。これからも、そうさせてもらうよ」

「刑事たちを、訓練してくれるというわけだ」

「なるほど。そういう見方もできるのか。じゃあ、俺も、なかなかのものじゃないか。刑事たちの指導教官に、なっていただなんてな。ついでに、君の個人教官にもなってやろう。訓練してやるよ」

「ほう、どんなふうに？」

「君が再起できないくらいに、叩きつぶすのさ」

「訓練というからには、課題があるはずだ。目的のない訓練など、ないからね」

「わかった。課題を与えよう。次の誘拐を阻止《そし》できるか、という課題だ」

「それだけでは、漠然《ばくぜん》としすぎている。第一、北海道《ほっかいどう》や沖縄《おきなわ》で、誘拐事件があったとしても、私の訓練には、ならないだろう？」

「ハンデがありすぎるということか？　それでは、今から先は、俺のほうから、君たちに有利なハンディキャップをあげよう」

「どんなハンデをくれるんだ？」

「一度しかいわないぞ」

「わかった」

「俺が、誘拐しようと思ってる鎌倉の子猫のことだ。現在十八歳だが、中学三年の時、ある賞をもらっている」

「どんな賞をもらっているんだ？」

「それぐらいは、自分たちで調べてみろ。これで対等だから、せいぜい、全力をあげて鎌倉の子猫を守ってみろ。見事に守り切れたら、こっちから褒美《ほうび》をやるぞ」

と、いったあと突如《とつじょ》、電話を切ってしまった。

五、六分して、亀井刑事の声になった。

「今、現場に到着。犯人の使っていた公衆電話に私が出ています」

「犯人は、どうした？」

「逃げて、到着した時は、誰もいませんでした」

犯人も、危ない綱渡りをしていることは、自覚している。近づいてくる覆面パトカーを察知したらしい。いったん公衆電話を離れてしまえば、雑踏《ざっとう》にまぎれるのはたやすい。

「では、この周辺の聞き込みをやってから、捜査本部に帰ります」

と、亀井がいった。

5

すぐ、捜査会議が開かれて、今日一日の犯人の動きについて、議論が交わされた。

「予告どおり、犯人から電話があり、七月十日に誘拐する五人目の子猫は、中学三年の時、何らかの賞をもらったとわかりました」

十津川がいうと、三上本部長は慎重に、

「君は犯人のいったことが、本当だと信じているのかね。もしかすると、われわれを騙そうとして犯人が嘘をついているかもしれないじゃないか？　犯人のいった言葉に縛られてしまうと、五人目の子猫を、簡単に誘拐されてしまうぞ」

と、いった。

本部長の心配も、十津川が予想したとおりだった。

「たしかに、本部長がいわれるように、犯人が、われわれを騙す可能性もあります。しかし、今日、電話で、しゃべっているうちに、犯人がどんな男なのか、だいたいの想像がつきました。自尊心の強い、自分では、頭が切れると思っている男です。彼は、何らかの理由があって、子猫たちを、誘拐したり、殺したりしていますが、簡単に成功することは、犯人にとって、面白くないのでしょう。今日の電話で、警察に、ハンデをくれました。警察を打ち負かして五人目の子猫の誘拐に成功したいのです。そして、自分の優秀さを確認したいのだと思います。そこで、危険だとわかっていながらも、七月十日の、誘拐のターゲットである子猫について秘密の部分を明らかにして、われわれにハンディキャップを与えたと、自分で勝手に満足しているのです。その満足感をこわすことはしないと思います。犯人は、間違いなく七月十日に、現在十八歳で、中学三年生の時に何らかの賞をもらった子猫を、誘拐しようとします。これは嘘ではなく、本気です。簡単に、誘拐ができたのでは面白くないのです。警察に守られている子猫を誘拐すればより満足感が強くなるんでしょう。われわれも、今からその女性を見つけて、七月十日には、犯人を、必ず捕まえたいと、思っています」

「念のために、もう、一度聞くが、これが犯人のワナだということは、まったく考えられないのかね？　七月十日の誘拐が本当だとしても、中学生の時に、何か賞をもらったというのは、警察を騙す嘘かもしれないじゃないか？」

三上が、とがめるような目で、十津川を見た。

「大丈夫です」

と十津川は、いった。

十津川たちは、鎌倉中の中学校に電話をして、中学三年生の時に何かの賞をもらった卒業生が、いないかを調べた。もちろん、子猫のことや誘拐事件のことは、一言も、話さずにである。

相手から何のためにと、聞かれた時には、

「今は申し上げられませんが、あとでわかります」

とだけしか答えなかった。

学校側も丁寧《ていねい》に調べてくれたのだが、中学三年生の時に何かの賞をもらって、現在は十八歳になっているという女性は見つからない。いくら調べてみても、

「ウチの学校には、そういう該当者はおりません」

という返事しか集まってこなかったのである。

その結果に、十津川は、ガッカリした。十津川以上に三上本部長は落胆し、そして、怒った。

本部長室に、十津川を呼びつけると、声を荒らげて、

「君は、甘かったんだよ。犯人が警察に挑戦してくるはずだといった。たしかに、犯人が電話をしてきたし、白旗をあげることを要求した。また、自分が今度、誘拐しようと思っている子猫は、中学三年生の時に、何かの賞をもらい、現在、鎌倉に住んでいる女性だと、いった。君は、その言葉を真《ま》に受けて、鎌倉中のすべての中学校を、必死になって当たった。しかし、条件にマッチした女性は見つからなかった。君は、犯人の嘘に踊らされて、時間を無駄にしたんだ。このままでは、七月十日には、犯人に、鎌倉に住む十八歳の子猫は誘拐されてしまうだろう」

厳しい口調で、三上本部長がいった。

「お言葉ですが、私は、まだ、諦《あきら》めておりません」

十津川が、いい返した。

「何をいっているんだ。君は、見事に、犯人に騙されてしまったんだ。それでも、まだ諦めないとは、何を考えているんだ？」

「私は、犯人が嘘をついたとは、思っていないからです。犯人は、警察に、挑戦し、勝利に警察に逮捕されるかもしれないという状況の中で、狙っている子猫を誘拐し、勝利に酔いたいんです。そんな男が、嘘をつくとは思えません。鎌倉に住んでいて、中学三年生の時に、何かの賞をもらった女性を誘拐するという犯人の言葉は、嘘とは思えないのです」

「君が犯人に騙されたと思いたくない気持ちは、わかるが、犯人が、本当のことをいっているとしたら、鎌倉中の中学校を調べたのに、どうして、中三の時に、何かの賞をもらったという女性は見つからないんだ？　おかしいじゃないか」

「一つ考えられるのは、彼女は、鎌倉市内の中学校に通っていて、徒競走が速かったとか、作文がうまかったとかで、三年の時、賞をもらうはずだった。ところが、寸前になって、別の中学に転校してしまい、賞をもらうチャンスを、失った。別の生徒がもらったか、その年は、その賞はないことになってしまったのではないでしょうか？それなら、犯人が嘘をついていることにはなりません」

「そんな都合のいい人間がいるのかね？」

「いるはずです。ここまでは、中学三年生の時、何かの賞をもらった生徒ということで考えてきましたが、これからは、賞をもらい損《そこ》なった生徒を調べてもらうことにします」

このあと十津川は、自分の考えた線で、鎌倉のすべての中学校に、連絡を取り、回答を求めた。

その結果は、すぐに出た。

鎌倉市内にある中学校の一つで、三年生の一人が、鎌倉の海を描いた水彩画を神奈《かな》川《がわ》県の美術展に出展し、最優秀賞に、輝いたという。

それを、全校生徒の前で、明らかにして、ほめたたえる予定になっていたのだが、その前に、突然、鎌倉市内のほかの中学校に、転校してしまったというのである。

そのため、せっかくの賞が、宙ぶらりんの形になり、表彰式も、取りやめになった。実は、転校先の中学校で、賞状を与えることにしていたのだが、それを、校長も担任も、忘れてしまっていたのである。

その問題の女性の名前も、すぐにわかった。

加藤宏美《かとうひろみ》、十八歳。現在は、短大の一年生だった。

住所は北鎌倉。中学三年生の頃は、両親と一緒に、生活していたが、短大に入ってからは同じ鎌倉市内で一人、マンション暮らしをしていた。

十津川は、加藤宏美の写真のほか、彼女の両親の写真も、同時に手に入れて、それをコピーして、刑事全員に、渡した。

七月十日が近づくにつれて、十津川たちは、加藤宏美の安全を、確保することに、全力を尽くすことにした。

十津川は、加藤宏美が住む鎌倉市内のマンションに、急遽刑事を住まわせることにした。

加藤宏美本人には、子猫コレクターの話は、一切《いっさい》しなかった。

犯人に狙われていると警告したら、加藤宏美が怖《こわ》がってしまう恐れがあるからだったが、もっと正直にいえば、十津川としては、加藤宏美をエサにして、犯人を逮捕したかったのだ。

そのため、加藤宏美には何も教えず、今までどおり、ごく普通に行動させておくことにした。

現在、加藤宏美が住んでいるマンションから、彼女が通っている短大までは、電車で三十分ほどかかる。その通学の、三十分の道中には、刑事を配置することにした。

犯人からは、その後、捜査本部に、電話がかかってこなくなった。犯人も、七月十日に、鎌倉の子猫を誘拐するという予告電話をかけてきた以上、彼女を誘拐する方法を、慎重に考えているのだろう。

彼女が住むマンションの前は大通りになっていて、その道を隔《へだ》てて、少し斜《なな》めの位置に、二階建てのカフェがあった。その店のオーナーは、女性である。

十津川は、その女性オーナーに会うと、誘拐のことや、子猫コレクターのことは一切話さず、七月十日の朝から、友人たちと久しぶりに会いたいので、二階の席を一日中、貸し切りにしてもらいたいと、相談した。

事件のことは話さなかったが、自分が警視庁の刑事であることは、打ち明けたので、オーナーの女性も、十津川の話を信用して、七月十日の早朝から、深夜まで、二階を貸し切りにしてくれた。

十津川は、そこを対策本部として、マンションの周囲に張り込んでいる刑事たちに指示を与えることにした。加藤宏美の住むマンションを中心とした刑事の配置図を作り、何回も亀井刑事と検討した。

刑事たちには、捜査本部に電話をかけてきた犯人の声を、録音したものを、全員に持たせてあった。かなり特徴のある声だから、犯人が事前にマンションなどを調べに来た場合、ひょっとすると話している声から、犯人に、気がつくかもしれないと考えたのだ。

問題の、七月十日はウィークデイである。したがって、加藤宏美は、いつものように午前八時には、マンションを出て、三十分かけて、短大に着き、午前中の授業を終えて、午後一時には、マンションに戻ってくることになる。

その往復と学内での安全を、確保しなければならないので、五人の刑事を配置して警戒に当たらせた。

加藤宏美は、いつも昼食を学内の学生食堂で食べている。その学生食堂にも、刑事を手配した。

夕食は、たいてい駅前のイタリアンレストランに行くか、同じく、駅前にある中華料理の店に、出前を頼むかである。そのどちらの店にも、刑事を、配置することにした。

亀井刑事は、刑事の配置図を見ながら、いう。

「これだけ厳重に警戒しても、犯人は、七月十日に、予告どおり、加藤宏美を誘拐しようとするでしょうか？　警備が厳重なので、誘拐を中止するか、他の子猫にするんじゃありませんか？」

「大丈夫だよ、カメさん。間違いなく犯人は、子猫を誘拐しにやって来る。相手は、そういう人間だと、私は見ているんだ。警察の警戒が、厳重になればなるほどファイトを燃やして、犯人は、子猫コレクターらしく行動するはずだ。そんな犯人だと、思っているんだ」

「油断するなということですね」

「そのとおりだよ。犯人のほうも、警察のハナをあかして、五人目の加藤宏美を、誘拐できると自信満々で臨《のぞ》んでくるだろう。したがって、七月十日は、勝負の日になると思っている」

と、十津川が、いった。

第四章　誘拐は何故《なぜ》中止されたか

1

七月十日になった。

朝から小雨が降っていた。やむ気配はない。どうやら、まだ東京の梅雨《つゆ》は明けないようである。

このじめついた天気を、犯人は、幸先《さいさき》がいいと考えているのか、それとも、幸先が悪いと考えているのか、それは、十津川にもわからない。

しかし、こんな天候であっても、犯人は、必ず、計画どおりに、五人目の子猫を誘拐するだろうと、十津川は、考えていた。

十津川が、犯人について、知っているのは、電話で聞いた声と、中年の男らしいということだけである。

しかし、その、わずかな手掛かりから、犯人は、負けず嫌いの頑固な性格で、一度決めたことは、途中で、絶対に変更しないような男だろうと思っていた。

その考えが、正しければ、今日七月十日に、犯人を逮捕する可能性もある。

今回、犯人が狙《ねら》っていると思われる五人目の子猫は、鎌倉に住んでいる、短大一年生の加藤宏美、十八歳で、間違いないだろうと、十津川は、考えていた。

彼女には、今回の事件について、何も話していなかった。もちろん、彼女が、狙われていることもである。

犯人から彼女をガードするため、彼女の周《まわ》りには、二十人を超す刑事が張り込んでいるし、彼女の通学路にも、刑事を張り込ませていたから、もし、犯人が現れれば、必ず逮捕できると、十津川は、確信していた。

問題は、犯人がいつ、どこで、五人目の子猫の加藤宏美を、誘拐するのかということだった。

七月十日に子猫を誘拐すると、犯人は、いった。

しかし、誘拐する時間までは、犯人は何もいっていなかった。したがって、今日は、朝早くから深夜まで、犯人との戦いは続くはずである。

加藤宏美本人は、誘拐のことを何も知らされていないこともあって、何の警戒心もなく、いつもどおりの時間に、学校に行って、授業を受け、学校内の食堂で、友人と昼食を済ませてから、いつものように、帰宅の途《と》に就《つ》いた。

十津川の意を受けた警視庁捜査一課の刑事たち五人が、加藤宏美を、遠巻きに、見守るような形で護衛し行動をともにしていた。そのグループの、さらにもう一回り外側には、これも、刑事たち十人が、加藤宏美を目で追いながら、犯人が現れるのを、じっと待ち構えていた。

午後一時三十二分、加藤宏美は、駅から自宅に向かって歩いていた。刑事たちは二重に、加藤宏美を大きく囲んで一緒に移動していた。

十津川は、そうした行動を把握しながら、そろそろ犯人が、出てきそうな気配を感じていた。

まもなく、加藤宏美が、自宅マンションに到着しようとしていた、まさに、その時だった。突然、一人の中年の男が、飛び出してきて加藤宏美に走り寄ってきた。

彼女を取り囲んでいた五人の刑事が、反射的に、その中年男に向かって、飛びかかっていった。

十津川が考えていた犯人は、いざとなれば凶器を振り回して、刑事に対して抵抗してくるような、男である。ヘタをすれば、刑事の二、三人が、負傷するかもしれなかった。

そんな男を、想像していたのに、今、十津川の目の前で刑事たちから、組み伏せられている男は、まったくといっていいほど、抵抗する気配がなかった。

その間に、加藤宏美は、自宅マンションに入ってしまった。マンションの中にも、何人かの刑事が張り込んでいるから、警察を油断させておいて、その隙《すき》に真犯人が、加藤宏美に、襲いかかるということは、まず、考えられなかった。

刑事たちは、中年の男の両腕を押さえて、立ち上がらせ、手錠をかけた。

十津川は亀井と二人、その男に、ゆっくりと、近づいていった。

身長は百七十五、六センチと長身だが、少し太った感じの男である。そうした体型も、十津川には、気に入らなかった。

十津川が想像していた犯人像は、背の高さが百七十五、六センチだったから、その点ではぴったりだったが、その声からして、痩《や》せ形で、鍛《きた》えられた、体つきをしているはずだと想像していたからである。そういう、犯人でなければ、おかしいのだ。

十津川は、雨に濡《ぬ》れて、何か惨《みじ》めな感じに見える男に向かって、

「君の名前は？」

と、きいた。

「俺の名前なんて、どうだっていいだろう。とにかく、俺は、あんたたちの探している男なんかじゃない。人違いだ」

男が、ふてくされた感じで、いった。

その声が、震えている。

（こんな男なのか？）

それに、十津川が、電話で聞いた犯人の声とは、明らかに、違っていた。

「君は、女性に飛びかかろうとしていた。犯人と関係がないとはいえないだろう？」

「俺は、頼まれただけだ」

「誰に、頼まれたんだ？」

「誰だかわからないが、突然、人混みの中で声をかけられた。知らない男だった。目の前を歩いている若い女を指さして、その女に近づけば、刑事たちが、集まってくる。その中に、十津川という警視庁の警部がいるから、その男に、手紙を渡してくれといわれて、頼まれたんだ。手錠なんかはめられたら、その手紙が、取り出せないじゃないか。俺の上着の右側のポケットの中に、入っているから、取ってくれ。その手紙を読んでくれれば、俺が、いっていることが、嘘《うそ》ではないことがわかる」

男が早口にいう。

十津川は、手を伸ばして、男の背広の右側のポケットを、探《さぐ》ってみた。

男がいうように、たしかに、一通の封筒が入っていた。

市販のどこにでもある、ごく普通の白い封筒である。その封筒には、何も書かれていなかったが、その中に便箋《びんせん》が、一枚、入っていて、そこには、サインペンで書かれた文字が並んでいた。


〈残念ながら、鎌倉で、捕まえようと思っていた子猫に、私は、何の興味も感じなくなってしまった。

したがって、今回は、誘拐をやめることにした。私の言葉を信じて、捜査網を張っていただろう十津川さんには、お気の毒というほかはない。

そのうちに、もう一度、お手合わせを、願いたい〉

十津川は、手紙から目を上げて、目の前の男を見た。

「君から、詳しい話をきかなくてはならないな」

と、十津川は、いい、男を近くに停《と》めてあったパトカーのところまで、連れていって、車内に入れた。

集まって来た刑事たちに向かって、十津川は、

「今日は、犯人側の試合放棄で、逮捕はできなくなった。すでに、犯人は、どこか遠くに行ってしまっているだろうから、今日は、ここで解散する」

と、いい、パトカーのリアシートに座らせた男に向かって、

「もう一度、詳しく話をきかせてくれないかね。まずは、君の名前からだ」

と、いった。

「名前は、鈴木《すずき》卓三《たくぞう》だ。年齢は、五十歳。現在、失業中だ」

「知らない男から、私に、手紙を渡すように頼まれたんだな？」

「ああ、そうだ。金がなくて、困っていたら、見知らぬ男から突然、声をかけられて、金をくれるというんだよ。そして、金をやる代わりに、その手紙を、十津川という警部に渡してくれと、頼まれたんだ。それだけのことだ。ほかには、何もない」

「その男の顔を、よく見たかね？」

「ああ、見ることは見たよ。だが、よくわからなかった」

「よくわからなかったというのは、どういうことだ？」

「雨が降っているのに、サングラスをかけていたし、帽子をかぶっていたから、顔が

よくわからなかったんだ」

「その男と会った時、君は、どこにいたんだ？」

「駅の近くにいた。いや、傘《かさ》を持っていなかったから、駅の構内で、雨宿りをしていたんだ。そうしたら、いきなり声を、かけられたんだ。失業中で、金が欲《ほ》しいんじゃないのかって、いわれた」

「相手は、君が、失業中だということを知っていたわけだな？」

十津川が、いうと、男は、小さく笑って、

「知っているも何も、二十分も三十分も、何もすることがなくて、駅の中で、ボーッとしていれば、失業中だろうとわかるさ。誰だってそう思うはずだ。だから、俺は素直に、金が、欲しいといった。金がなくて昼飯《ひるめし》も、食えずにいたからな。そうしたら、そいつは、駅から、傘をさして、歩き出そうとしていた若い女を指さして、こういったんだ。あの女は、この近くのマンションに、住んでいる。しばらく尾行していって、いきなり、近づいていけば、刑事がどっと、集まってくる。そうしたら、十津川という警部に、これを、渡してくれといって、俺の上着のポケットに、その手紙を押し込んだんだ。これはお礼だといって、五万円くれた。ここんとこ、そんな大金を、見たことがなかったので、嬉《うれ》しかったね。だから、その男に、言われたとおりに、行動したんだ。それだけだ」

「男の外見で、ほかに覚えていることは？」

「背の高さは俺と同じくらいだったけど、俺よりは痩せていた。いやに、落ち着き払ってる男だった。警察のことをやたらにいうので、最初は刑事かと思ったが、どうやら、反対の男だったらしい」

と、いって、男が、また笑った。

鈴木卓三は、駅から歩いて十二、三分のところに建っている、アパートに一人で、住んでいるという。

定職には就かず、長いこと、日雇いの仕事をしていたが、ここに来て、その仕事もなくなってきたのだという。

「その男について、何か気づいたこと、記憶していることがあったら、話してくれないかね。どんな小さなことでも構わないから、教えてくれ」

と、十津川が、いった。

「それがね、残念ながら、何もないんだよ。とにかく、五万円ももらったから、つい嬉しくて舞い上がってしまってね。正直にいうと男のことを、よく見ていなかったんだ。実は俺、昼飯をまだ、食っていないから、どこかで、少しばかり豪華な飯を食おうと、思っているんだ。もういいだろう。これ以上、きかれても、何も話すことはないよ」

と、男が、いった。

「その男にもらった、五万円を見せてくれ」

と、十津川が、いった。

男は、背広の内ポケットから、封筒に入った一万円札五枚を十津川に見せた。

「まさか、これまで、取り上げるというんじゃないだろうな。取り上げられたら、おれは、今日一日、飯抜きになってしまうんだ」

男が、情けないことを、いった。

十津川は、笑って、

「そんなことは、しないから安心しろ。それより、一万円札を一枚と、五万円が入っていた封筒を、貸してもらいたい。指紋を採《と》りたいんだ。今日一日で、済むから協力してくれ」

「いつ返してくれるんだ？」

「あとで、駅前の交番に預けておくから、明日にでも、取りにいけばいい」

と、十津川が、いった。

男が、とにかく、腹が減ってどうしようもないというので、十津川は仕方なく、パトカーで男を駅近くの食堂まで送り、十津川自身は、東京に、帰ることにした。

2

その日の夜、東京で捜査会議が開かれた。

会議で、最初に問題になったのは、犯人の行動だった。

三上本部長が、いう。

「十津川君、君は、今回の犯人は、負けず嫌いの性格で、自分の計画を、絶対に変えようとはしない、そういう、頑固なところのある男だろうと、いっていたね？　しかし、実際の犯人は、われわれ警察が、警戒していることを知って、急に、計画を中止して、逃げてしまったじゃないか。犯人の性格について、十津川君が、想像していたことは間違っていた。そういうことになるわけかね？」

「自分でも、まだ、整理がついていないのですが、今回の犯人の行動は、まったく予想外でした。私の考えていた犯人像とは、かなり違った行動を取りましたから」

「どこが不審なんだ？」

「第一に、犯人はわれわれ警察に対して、挑戦するような態度を、取っていました。犯人は当然、警察が、張り込んでいることは、予想がついていたはずです。それなのに、突然、十八歳の若い女性を、誘拐することを中止してしまいました。私が考えていた犯人の性格からすれば、仮に犯行を中止するにしても、一度は、誘拐をするように見せかけて、警察とやり合ってから、中止する。そういう男だと思っていたのですが、まったく違っていたので困っています。犯人像が崩れてしまったからです。ただ、犯人の性格のうち、負けず嫌いということだけは、合っていたような気がします」

「どこがだ？」

「犯人は、ただ単に、誘拐を中止しただけではなくて、金のない中年の男に、五万円を与え、私宛《あ》ての手紙を渡すように、頼んでいるのです。もし、犯人が、手紙を託した男が、刑事だったなら、その場で、逮捕されていたはずです。それにもかかわらず、私に対して、計画中止の手紙をわざわざ、届けようとした辺りに、負けず嫌いの性格が、よく表れていると、思いました。そうなると、これから、何日も経《た》たないうちに、東京か、あるいはどこかの町で、もう一度、若い女性を、誘拐しようと企《くわだ》てるに違いないと思います」

若い刑事が、犯人から、十津川に届けられた問題の手紙を、大きく引き伸ばしたものを、捜査本部の壁に貼《は》り出した。それについて、十津川が、自分の感想をいった。

「今も申し上げたように、この手紙の文章には、犯人の負けず嫌いな性格が、よく出ているのではないかと、思うのです。犯人が、今回の子猫誘拐計画を、寸前になってやめてしまったのは、警察の警備が厳重であって、ヘタをすれば、逮捕もされかねない。そう思ったので今回に限って、誘拐を中止したのだと私は考えています。だからといって、ただ単に、中止したのでは、警察が怖くて、中止したと思われる。おそらく犯人は、そう考えたので、今回の子猫は必要なくなったと、手紙には、書いたのではないか。つまり、警察が、怖くて中止したのではない。問題の女性が、気に入らないから中止したと、犯人は、いいたかったと思うのです。これは、明らかに、負けず嫌いな犯人の性格の表れだと、思います。この性格は、今後も犯人の行動に反映するでしょうから、さっきも申しあげたように、かなり近いうちに、次の子猫誘拐事件を、引き起こすに、違いありません」

と、十津川が、いった。

「十津川君、君の考えは、わかった。そこで、問題になるのは、今回の警察の警備のやり方だ」

と、三上本部長が、いった。

「私も、同感です」

「われわれは、五人目の女性を、守るために、万全の、警備を敷いた。われわれの目的は、五人目の女性を、守るためだけではなく犯人を逮捕することでも、あった。その警備状況が、あまりにも、大がかりなので、それに気づいた犯人は、誘拐を、中止したと、私は考えている。その点は、十津川君と、同じだ。いずれにしても、五人目の犠牲者が、出なかったことは、よかったが、犯人を、逮捕できなかったので、境港で誘拐されたミス猫娘を助け出すことが、できなかった。それが、残念で仕方がないのだ。すでに誘拐されてから、時間がだいぶ経っているから、彼女の生死も、心配になってくる。その点で、われわれの警護は、失敗だったんじゃないのかね？」

「たしかに本部長のいわれるとおり、犯人が用心して、今回の誘拐を、途中で中止してしまったことは、明らかに、われわれの、失敗でした。ただ、何回も繰り返しますが、犯人は、異常なほどの負けず嫌いな性格ですから、必ずや、近いうちに新しい誘拐事件を計画し、実行するだろうと、思っています」

と、十津川が、いった。

今回の誘拐事件については、マスコミは、協定を順守して沈黙を守ってくれた。

十津川の意見、つまり、犯人は負けず嫌いな性格の持ち主だから、近いうちに新しい誘拐を計画し、実行するだろうという意見に対して、捜査本部の中では、賛成派と反対派が拮抗《きっこう》していた。

警視庁では、今回の鎌倉での誘拐未遂事件について、境港市のある、鳥取県警本部にも、状況を伝えておいた。その報告を待ちかねていたように、鳥取県警の今村警部が、急遽《きゅうきょ》、東京にやって来た。

境港では、警備の失敗から、ミス猫娘コンテストに優勝した永田香織、十八歳が、誘拐されてしまっている。

しかも、その前に、狙われた子猫たちは冷酷に、殺されているのに、なぜか、永田香織だけは、今も、死体が見つからない。どうやら、犯人は、殺さずに、彼女をどこかに、監禁しているらしいのである。

しかも、永田香織は、あの祭りの時に、東京から境港にやって来て、ミス猫娘コンテストに、参加して、優勝したために誘拐されてしまったのである。

鳥取県警の今村警部は、十津川に会うなり、自分の心配を、口にした。

「鳥取県警では、誘拐された永田香織を、無事、助け出したいと思っているのですが、容疑者もわからず、お手あげなのです。それで、今回、鎌倉で、実行されそうになっていた誘拐事件を、見守っていたのです。ところが、犯人のほうが、警備の厳重さに驚いて、途中で、計画をやめてしまったことを知りました。それを聞いて、これでは、誘拐されてしまった、永田香織を見つけだすのは簡単なことではないと、思っているところなのです。十津川さんは、犯人は負けず嫌いだから、近いうちにまたどこかで、子猫の誘拐を、企《たくら》むだろうと考えて、おられるようですが、今でも、その考えは変わりませんか?」

と、今村警部がきく。

「そう思っています。私も、境港で、誘拐された永田香織のことが気がかりです。何とか助け出して、一刻も早く、ご両親のもとに、お帰ししたい。そう思っているので、今回、突然、犯人が、計画を中止したことに対しては、残念というほか、言葉がありません。今回こそ、犯人を逮捕したいと、思っていましたから。ただ、警護を、厳重にしすぎてしまったことで、犯人が警戒して、新しい誘拐は実行しないのではないかという声も、きこえてきています」

と、十津川が、いった。

「それから、犯人が手紙を書いて、失業中の男に渡し、十津川さんに、見せるようにと、指示したそうですね? ファックスで送っていただき、拝見しましたが、何とも奇妙な手紙ですね。十津川さんがいわれるように、自分が、逮捕されるのが怖くて、誘拐を中止したのに、手紙の中には、鎌倉の子猫は、必要がなくなったので、誘拐をする気がなくなってしまったという言葉が並んでいました。でも、あれは、間違いなく負け惜しみですね」

と、今村が、いった。

十津川は、今村警部が、境港から、わざわざ来てくれたので、亀井を交えて、夕食を奢《おご》ることにした。

今村が、天ぷらが、好きだというので、十津川は、彼を新宿《しんじゆく》の、行きつけの天ぷらの店に招待した。

十津川が、この天ぷら店を、気に入って、時々通っているのは、値段がそれほど高くないのに、小部屋がいくつか用意されていて、天ぷらを食べながら、話をするのに好都合だったからである。

三人だけで、天ぷら定食を食べることになった。今度の事件について、それぞれの意見を交換しながらの、食事になった。

その食事が終わり、お茶を飲んでいる時、今村が、

「実は、境港警察署に一人だけ、ちょっと、変わった意見を持っている刑事がいまし

てね。刑事になったばかりの、若い奴で、佐野《さの》といいます。その佐野が、こんなことを、いっているんですよ。今回、犯人の行動に関して、自分が逮捕される危険があるので、急遽、誘拐を取りやめたのに違いないと、誰もが理解しているが、十津川警部宛ての手紙の中にあった言葉は、負け惜しみだと思えない。そんなことを、いうのですよ」

「もちろん、いろいろな意見が、あっていいと思いますが、負け惜しみでは、ないとすると、犯人は、どうして、あんな手紙を、私に渡すことに、したんでしょうか？」

と、十津川が、きいた。

十津川は、今でも、犯人の性格は、負けず嫌いで、しかも、自尊心が強いと考えているのだが、それでも、ほかの刑事の意見も、尊重することにしていた。今回の事件は単純なのに、どこか、不思議で、ある意味複雑なところがある。そう、思っていたからである。

「佐野がいうには、犯人が、十津川さん宛ての手紙で書いたことは、決して、負け惜しみではなくて、事実を、書いているんじゃないかというんですよ」

と、今村が、いった。

「事実を書いている？」

「そうです。犯人は今回、鎌倉の十八歳の女性を、誘拐することにした。そのことで警察に対して挑戦するような態度を取ったのだが、今回は、警察に、捕まる恐れがあるからではなくて、本当に、誘拐しようとしていた女性に、急に、興味を失ってしまったのではないか？　だから、誘拐を中止することにしたのであって、何も警察が怖いからではないのではないかと」

「犯人は、鎌倉で誘拐しようとしていた女性が必要なくなった。だから、私に対して、あんな手紙を書いた。つまり、そういうことですか？」

「そうです。刑事になったばかりで、いうことが、理屈っぽいので、時々、捜査方針と、違ったことをいったりして困らせることも、あるのです。しかし、今回に限っては、佐野のいうことも、私には、何となく、正しいような気がしていましてね。それで、失礼とは、思ったのですが、十津川さんにもお話をして、ご意見を、伺《うかが》いたいと思ったのですよ」

今村刑事が、いった。

「いや、そういう、若い人の意見も、時には貴重なヒントになることが、ありますからね。決して、無視するわけにはいきませんよ」

と、十津川が、いった。

「ありがとうございます。その佐野なんですが、いつも自説をなかなか、曲げようとしないのです。それで、私が仕方なく、彼の話をじっくり、きいてみたのですが、きいているうちに、ひょっとすると、彼の考えが、正しいのではないかと、そんなふうに思えてきましてね。それで、なおさら、十津川さんが、彼の考えを、どう受け取れるのか、それを、おききしてみたかったんです」

「私は、犯人の負け惜しみだと、思っていますが、今村さんのところにいる、佐野刑事は、負け惜しみではなくて、犯人が、本心を私宛てに手紙に書いてきた、といっている。つまり、そういうことですね？」

と、十津川が、念を押した。

今村は、大きく、頷《うなず》いて、

「ええ、そうなんです」

「なるほど。そういう考え方も、あるわけですね」

十津川は、しばらく、黙って考えていたが、急に、

「今村さん、今からすぐ、捜査本部に、戻りましょう」

と、いった。

「今からですか？」

「ええ、その佐野刑事のいうことが、私も、気になってきたので、捜査本部に、戻りたくなって、きたんですよ」

十津川が、正直に、いった。

「しかし、若い刑事のいうことですから、間違いかもしれませんよ」

「いや、今の今村さんのお話で、ちょっと、調べてみたいことが出来たのです。ですから、すぐ捜査本部に戻りましょう」

と、十津川は、重ねていった。

3

三人は、捜査本部に戻った。

捜査本部には、若い刑事が一人いるだけで、ほかの刑事たちは、今日の、誘拐事件が中途半端な形で終わってしまったので、何となく気勢をそがれた感じで、自宅に、帰っていった。

「警部は、何を調べたくて、急に捜査本部に、戻られたんですか？」

亀井がきく。

「今までに、今回の事件に関係して、三人の十八歳の女性が殺され、一人が誘拐されて、今も所在が不明だ。その一方、犯人は、五番目に狙っていた加藤宏美を、誘拐する必要がなくなったといっている。もし、その言葉が、犯人の本心から出た言葉ならば、今までに殺された三人の女性、誘拐はされたが、まだ、殺された気配のない一人の女性、そして、今回、犯人が、誘拐を中止した、鎌倉の女性と、犯人と関わっているターゲットの女性は、全部で、五人いるのだ」

「そうですね、そういうことに、なります」

「この五人の女性なんだが、ひょっとしたら、犯人から見て、どこか、違うところがあるのではないか？　さっき、今村警部の話を聞いているうちに、そんな、気がしてきたんだ。それで、急遽、捜査本部に、戻ってきたんだよ」

十津川は、五人の女性の写真を、取り出して、壁に並べて貼っていった。

いずれも、同じ大きさに引き伸ばした、顔だけの写真である。

三人の刑事は、五人の女性の顔写真を、一枚ずつ見ていった。

前の三人は殺された。四人目は誘拐されたが、殺されずにいて、どこかに、監禁されているものと思われている。

五人目は、犯人が、途中で誘拐する気がなくなったから、誘拐はやめたと、突然、いってきた。

前の三人の女性たちは、いずれも、殺されていたから、十津川は、犯人は最初から、殺す気だったのだろうと考えた。殺すことを、躊躇《ちゆうちよ》しているようには、思えなかったからである。

十津川は、そう、考えていた。

ところが、境港の事件で、状況は、がらりと変わってしまった。

犯人は、東京在住の人間だと予想される。東京から離れた境港で誘拐して、わざわざ東京まで、連れていくことはないだろうから、四人目も、間違いなく、殺してしまうだろう。

十津川は、そう思っていた。ところが、犯人は、永田香織にかぎっては、ホテルの現場で殺さず、誘拐して、車で連れ去っている。

こう見てくると、前の三人と永田香織とでは、事件そのものの性格が、違うように見えるのだ。

さらに次の五人目の鎌倉の女性については、警察に挑戦するように見えたのに、殺すことも誘拐することもしないで、手を引いてしまった。まるで、三人の犯人がいるように見える。

ふと、犯人ではなく、五人の子猫のことを考えてみる。

写真を並べて見ると、いずれも、若い魅力的な女性たちである。

「何か理由があって、五人に対する犯人の態度に、違いが、出ているのではないでしょうか？」

鳥取県警の、今村警部が、いった。

「鳥取県警の佐野刑事のいうことが正しいとして、五人の顔写真を、もう一度見比《くら》べてみようじゃありませんか？」

十津川が、今村に、いった。

亀井刑事を交えた三人で、五枚の写真を、何回も見直した。

どの顔も、若い女性らしく、美しいというよりも、可愛らしく見える顔である。

「しかし、よく見ると、一人一人、微妙に、違いますね」

亀井刑事が、いった。

「どこが違うんだ？」

十津川が、きく。

「たしかに、五人とも、十八歳の娘らしく、可愛いですよ。十八歳というのは、少女から女へ変わる境なんでしょう。だから、子供っぽく見えたり大人っぽく見えたりします。その中で、境港で誘拐されたミス猫娘の永田香織は、殺された三人に比べて、ほんの少しですが、大人びた顔に見えます。鎌倉で狙われた加藤宏美ですが、明らかに、ほかの四人とは、違います。殺された三人と比べても、幼い感じです。女性というよりも、少女という感じですね」

と、亀井が、いった。

県警の今村も、頷いて、

「たしかに、こうやって、並べてみると、今、亀井刑事がいわれたように、ほんのわずかですが、五人は微妙に違いますね。いちばん、大人っぽく見えるのは、境港で誘拐されたミス猫娘の永田香織ですね。今回狙われていた短大生の加藤宏美は、亀井刑事のいうように、同じ歳《とし》なのに、五人の中では、いちばん少女に、近い顔立ちをしています。大人っぽい女性よりも、幼い少女が好きな男なら、加藤宏美が、いちばん魅力的に、見えるんじゃありませんか？　逆に、子供っぽいのがイヤだという男なら、彼女の顔は嫌いでしょうね」

と、今村が、いった。

「しかし、私には、わからないところもあるんです」

と、十津川は、続けて、

「たとえば、今回の鎌倉の女性の件です。もし、犯人が、少女よりも、大人の顔つきの女性が好きなら、どうして、最初から、加藤宏美を、除外しなかったんでしょうか？　犯人は、最初は、加藤宏美を、狙っていたんです。しかし、こうしてみると、犯人が、加藤宏美を、除外した理由は、彼女の子供っぽさ、幼さにあるとしか、考えられない。それならば、どうして、最初から、彼女を除外しなかったのか。逆にいえばどうして、嫌いなタイプの彼女を、狙っていたんでしょうか？　私には、その点が、どうしても納得できないんですよ」

と、十津川が、首をかしげた。

亀井と、県警の今村警部も、頷いた。誰にとっても、その点は、疑問なのだ。

三人とも黙ってしまったが、沈黙のあとで十津川が、

「鎌倉にもう一度、行ってみましょう」

といった。

「鎌倉は事件がなかったんですよ。行って、どうするのですか？」

亀井が、きく。

「加藤宏美という女性に会って、話をきいてみたいんだ。それに、写真では、少女顔ですが、実際に会って話をしたら、どう見えるのかそれも知りたい」

と、十津川が、いった。

十津川が、急に、鎌倉行きを提案したのは、女性の顔というのは、化粧の仕方によって、大きく変わることがあると、思ったからだった。

この日は、今村警部は、東京の捜査本部の中に泊まることになり、翌朝、三人は、本多一課長に断って、もう一度、鎌倉を訪ねることになった。

鎌倉に向かうJR横須賀《よこすか》線の電車の中で、亀井が、十津川に、

「わざわざ会うまでも、ないんじゃありませんか？」

と、気乗りの薄い顔で、いった。

「どうして？」

「われわれは、加藤宏美を警備するため、何日間か、彼女をずっと見ていました。特に七月十日には、彼女の近くにいたんです。その時に見た彼女の顔は、たしかに、可愛らしい少女の顔でしたよ」

と、亀井が、いった。

それでも、十津川は、加藤宏美に、会う必要を感じていた。問題は犯人に、どう見えたかだからである。

横浜を過ぎてしばらくすると、車窓の右手に、大船観音《おおふなかんのん》の白い像が見えてきた。い

つ見ても、端整《たんせい》な顔である。

大船駅の次が、北鎌倉駅だった。急に緑の景色に包まれる。

加藤宏美の自宅マンションを訪ねると、彼女は留守で、管理人にきくと、学校に行っているというので、十津川たちは、彼女が通っている短大に行ってみた。

十津川たちは、短大の構内で、加藤宏美に会った。

加藤宏美は、たしかに、十八歳という年齢のわりには、どちらかといえば、童顔である。身長も高いし、体つきも大人の女性の体つきなのに、それとは不釣《つ》り合いなほどの少女の顔だった。

十津川は、首をかしげた。

犯人は、彼女が、幼い少女の顔だったので、誘拐、あるいは、殺人を、やめてしまったらしい。

しかし、そんなことは、実物の加藤宏美に会って顔を見れば、すぐに、わかることである。

それなのに、犯人は、最初、加藤宏美に、狙いをつけていたのだ。どうして、突然、やめてしまったのか？　途中で、犯人は、彼女の童顔に気づいたからだとすれば、なぜ、そんな簡単なミスを犯したのか？

「失礼なことをおききしますが、いつもお化粧は、そんなふうにされているんですか？」

亀井が、加藤宏美の横顔を、じっと見つめながら、きいた。

「どこか、おかしいところが、ありますか？」

亀井のぶしつけな質問が、気に障《さわ》ったのか、少しきつい口調で、加藤宏美がきき返してきた。

「ああ、いえ、そういう意味じゃないんです」

あわてて、亀井は、言葉を継いだ。

「女性は、お化粧によって、雰囲気が、がらっと変わることがあります。ですから、加藤さんも、時と場合によっては、違ったお化粧をされることがあるのか、おききしたかったんです」

「それがなにか、お調べのことと、関係があるんですか？　学生ですから、普段はこんなふうです。童顔だと、いわれてますが」

「そうじゃない時も、あるということですか？」

「私、アルバイトで、モデルクラブに登録しています。撮影の時は、メイクさんが、特別に化粧してくれます。化粧品の、コマーシャル・ポスターの時も、そうでした」

「その時の写真はありませんか？　あれば、ぜひ見たいのですが」

加藤宏美は、今、ここには、持ってきていないが、自宅マンションに帰れば、あると思うというので、三人の刑事は、彼女と一緒に、もう一度彼女の自宅マンションに、向かった。

そこで、彼女は、二カ月前に化粧品のコマーシャルに出た証拠のポスターを出してきて、十津川たちに、見せてくれた。

そのポスターを見た瞬間、十津川は、はっとした。

そこにあった顔は、化粧のせいか、少女の顔ではなく、成人した大人の女になっていたからだった。ポスターにあったキャッチコピーは、〈美しい女性は、二十歳からM化粧品を使います〉である。

「このポスターの私って、まるで、別人のように、見えるでしょう？　普段は、少女のような、幼い顔なんですけど、お化粧をすると、急に、大人っぽい顔になるんです。自分でも、びっくりするくらい」

加藤宏美は、そういって笑った。

亀井刑事も、鳥取県警の今村警部も、そのポスターを見て、納得し、それ以上の、質問はしなかった。

「このポスターは、どんなところに、貼られていたんですか？」

十津川が、きいた。

「駅とか、若い人が行く劇場とか、とにかく人がたくさん、集まるところです」

「こうして化粧をすると、ずいぶん、違って見えますね？」

「そうでしょう。ですから、お化粧をすると、母が、文句をいうんです。男の人に誤解されるって」

と、いって、加藤宏美が、また笑った。

多分、ポスターを見て、誤解した男の中に、犯人もいたのだ。

4

鎌倉から、東京に帰る電車の中で、鳥取県警の今村警部が、感心したような顔で、十津川に、いった。

「改めて、女性というのは、不思議だと思いましたね。ちょっとした化粧一つで、あんなにも、雰囲気が変わってしまうんですから。おそらく、犯人は、どこかで、あの化粧品の、ポスターを見たんですよ。それで、五人目のターゲットとして、鎌倉で加藤宏美を、狙うことにしたんでしょう。ところが、七月十日が、近づいてきて初めて、彼女の顔が、化粧を落とすと、まったく違うことに気がついたんじゃありませんか？　だから、本当に、自分の狙いたい顔ではなかったので、急遽、彼女を、狙うことをやめてしまったのではないかと」

東京の捜査本部に帰ると、十津川は、鎌倉でもらってきた、化粧品のポスターと、実際の化粧っ気のない、加藤宏美の顔写真とを並べて、三上本部長、本多一課長に、自分の考えを伝えた。

「殺された三人は、十八歳という年齢そのままの、どちらかといえば、美しいというよりも、可愛らしい女性です。境港で、誘拐された東京の女性は、逆に可愛いというよりも、美しいという言葉のほうが、似合っている女性です。鎌倉で狙われた女性は、ご覧になればおわかりになるように、化粧をすると、大人びて見えますが、化粧を落とすと、同一人物とは、思えないほど、幼くて可愛い顔に、なってしまうのです」

「犯人は、自分の好みで、十八歳の女性を選んでいるというのかね？」

三上がきく。

「どちらかといえば、可愛いというよりも、美しい顔のほうが、好みのように思えます。誘拐された永田香織は、ご覧のように美人の顔です。少なくとも、可愛らしいという顔ではありません」

「しかし、前の三人は、美人というよりも、可愛らしいというタイプだから、それで、殺されてしまったというのは、少し無理があるんじゃないのかね」

三上本部長が、疑問を口にした。

「殺された三人ですが、たぶん、犯人が見た時は、このポスターのように、化粧をしていて、大人びて見えていたんではないかと思うのです。そこで、犯人が、狙いをつけた。しかし、彼女たちに接触した時に、美人というよりも可愛いというタイプだということに気がついて失望し、殺してしまったのではないかと。少し乱暴な推理ですが」

「しかし、私には、どうしても、納得できないところがある」

と、三上は、続けて、

「君の説明を聞いても、犯人の気持ちとか考えが、今一つ、私には、わからんのだ。簡単にいえば、犯人は、十八歳の女性、それも、可愛いというよりも、美しい女性のほうが、好みだというのだろう。化粧した顔が美しい、と思って狙っても、化粧を落とした途端に、可愛い少女の顔に、なってしまった。そのことに腹を立てた犯人は、三人の女性を、次々に殺していった。いったい、そんなことが、あるものかね？　化粧を落とした顔が、大人びていなかったのが、殺害の動機になるなんて……」

「私も、それについては、はじめは疑っていました。しかし、犯人と話すうちに、その可能性も否定できないと、思うようになりました」

「そのわけを、もう少し詳しく、きかせてほしい」

「以前、犯人の心は囚《とら》われている、と私はいいました。異常な強迫観念と、いってもいいでしょう。心の奥に、深い空洞があって、その空洞は、埋めても埋めても、空虚《くうきょ》なままなのです」

「まるで、ブラックホールだな」

「おっしゃるとおりです。ですから、一人殺し、二人殺し、三人殺しても、満たされていません。かえって、殺人を重ねるほどに、いらだちを深めているように、思われるのです」

「四人目のミス猫娘は、殺害ではなく、誘拐だった。犯人の心理は、それ以前と、どう違っているんだ？」

「なにかしらの変化があったのは、事実でしょう。その原因は、ミス猫娘の永田香織が、十八歳の若さと同時に、大人の女性の美しさを、兼ね備えていたからではないかと、思っています」

「大人の女性の美しさ？　君にはわかるのか？」

三上が、冗談めかして、十津川にきいた。

十津川も、苦笑して、

「言葉では、そういいますが、私にも、よくわかっていませんよ。ただいえることは、犯人は、人生のどこかで、大人の女性の美しさに、取りつかれたに違いありません。それが、どんな経験だったかは、犯人を逮捕したあとで、カウンセラーの方にでも、分析してもらうしかありませんが」

「しかしだ、君が今いったように、犯人が、可愛いよりも、美しいほうが、好みだということが、わかったとしても、それでどうやれば、犯人を逮捕できるのかね？　第一、犯人が、次に狙う女性が、どこの誰なのかわからなくては、逮捕するのは難しいんじゃないのかね？」

と、三上が、いった。

第五章　JR境線《さかい》一七・九キロ

1

犯人から、捜査本部に手紙が届いた。

『警察の皆様

警察が私に対し、〝子猫コレクター〟という名前を付けてくださった事にまず、感謝致しますが、子猫コレクターの私にもその子猫に対し、好き嫌いがあります。

先日の鎌倉の場合は、典型的なミスで私は子猫の選択を間違ってしまい、いざという時になって食指が動かなくなってしまいました。挑戦状を警察に届けておきながら、仕事を途中で放棄してしまい、警察にもマスコミにも申しわけなかったと、思っております。そこで次は、もう一度境港に戻って、子猫を収集する事に致しました。

何といっても境港は、私にとって最も興奮し、誘拐した子猫が素晴らしい獲物であった事を思い出させるのです。ですから、初心に帰ってもう一度、境港で、気に入る子猫を収集する事に致しました。来たる九月十日、境港市で五人目の子猫を収集することを宣告させていただきます。

六月十日の境港の「ミス猫娘コンテスト」で優勝した、永田香織十八歳は、今も気に入って時々眺《なが》め、満足しております。しかし永田香織一人では、どうしても寂しいので、あれから三カ月経《た》つ九月十日にもう一人の子猫を、縁起の良い境港で収集する事にしました。

新しい計画であり、私としては、今度も素晴らしい子猫を収集したいので、境港でどこの誰を、標的にしているという事は、申し上げられません。ただ、これでは余りにもハンデが付き過ぎますので、今回は九月十日という日にちだけを、お知らせする事に致します。境港という町は、素晴らしいところで、三つの入口(三つの出口)があるので、子猫収集家の私としても、どこから入り、どこから出て良いのか、今も、迷っております。三つの入口（三つの出口）のどれを使うか、また、どれとどれを併用するかは、警察もじっくりと考えていただきたい。まだ九月十日まで一週間あるので、よく考えて私を逮捕する事に全力を尽くしていただきたい。今からこの挑戦状を、警察に届ける事に、ワクワクしております。

私の人生は、考えてみれば、ある意味、収集の連続でしたから、こうした生活は一生続くものと覚悟しており、競争の相手が、世界に誇る日本の警察機構であるという事が、この歳《とし》になっても私をワクワクさせております。

それでは、九月十日に向かって、私を逮捕する為《ため》の、練習をしておいてください。ではその日に。子猫コレクターより』

急遽《きゆうきよ》開かれた捜査会議で、十津川はこの挑戦状を三上本部長にも、披露した。

それに対して、

「幾《いく》つか疑問がある」

と三上本部長がいった。

「第一は、なぜこの犯人が十八歳の女性ばかりを誘拐、あるいは殺すのか。その理由が知りたい。第二はなぜ、いちいちわれわれに向かって挑戦状を送ってくるのか。第三は、犯人は、どのような基準で子猫を選んでいるのか。第四、三つの入口・三つの出口と書いてあるが、何のことを言っているのか。この四つが私にとっては不可解なのだが、それに対する答えは、見つかったのか？」

十津川がそれに加えて、

「この事件を、捜査している現場の私からすると、第五の疑問があります。それは挑戦状の中に書かれた永田香織という個人名です。手紙の後で、この女性は、気に入ったので時々眺めていると書いてありますが、いったいこれは何を意味しているのか。三上本部長のいわれた四つの疑問と、今私が提案した第五の疑問について、九月十日までまだ、一週間ありますのでその答えを、見つけたいと思っております」

と、いった。

この日の捜査会議は、三上と十津川の提案した五つの疑問に対して、答えを見つけるところから始まった。

第一の、「なぜ犯人は十八歳の女性ばかりを狙うのか」という疑問について捜査会議では、さまざまな議論が生まれたが、次の見解で一致した。

犯人は、電話の声から、五十歳前後だろうと、推測される。とするなら、三十歳も離れた若い女性に、執心する理由は何なのか？

手ひどい裏切りに対する復讐（ふくしゅう）というには、歳が離れすぎている。五十の男が、十八歳の女性と、そこまでの、愛憎関係におちいる可能性は少ない。

一部の者から、犯人には十八歳の娘がおり、親娘《おやこ》の確執が絡《から》んでいるのではないか、という意見も出された。しかし今の段階では、なんら裏づけもなく、それ以上、議論は進まなかった。

第二の挑戦状の問題である。これに対してもさまざまな考えが生まれたが、これは犯人の性格が、強く出ているという見方が、大半だった。自分のやっている連続殺人あるいは誘拐について、それを警察との戦いにすり変えようとしている。犯人には、殺人、誘拐という事件を起こしたことへの後ろめたさがあり、警察への挑戦というゲームの形を取ることによりそれを軽減しようとしている。これが、この疑問に対する捜査会議の結論だった。

第三の疑問、犯人はどの基準で自分の気に入った子猫を、選んでいるのか。これについては前から議論があり、結論として、犯人は相手が十八歳の女性ならいいわけではなく、好みがあって、それに合致しなければ、殺さないし、収集しないらしい。これはすでに、捜査本部での決まった見解だった。

第四の疑問。挑戦状にあった境港には三つの入口（三つの出口）があるという犯人の指摘に対して、十津川は、境港周辺の地図を広げて自分の考えを説明した。

「この地図を見るとわかりますが、境港という町は、ご覧のように、弓ヶ浜《ゆみがはま》半島の突端にあります。境水道を隔《へだ》てて、島根半島と向かい合っていますが、現在は島根半島との間に橋が架かって、島根半島の方からも、境港市に入ることが、できるようになりました。犯人のいう三つの入口・三つの出口というのは、この境港という町の位置を示していると思われます。

まず第一の入口である『陸』ですが、国道四三一号線がこの弓ヶ浜半島から、先端の境港まで、続いています。陸路はほぼ平坦で難しい運転は必要ありません。また、米子《よなご》から終点の境港まで続いている鉄道があります。このJR境線は、米子から境港まで長さ一七・九キロ。その間に十六の駅が、あります。面白いのは、この境線には二〇一五年に亡くなった鳥取出身の水木しげるという漫画家を記念して、今も『鬼太郎』『ねこ娘』『ねずみ男』『目玉おやじ』などをペイントした車両が走っています。また米子駅には『ねずみ男駅』、河崎口《かわさきぐち》駅は『傘化け駅』、問題の境港駅には『鬼太郎駅』の名前が、付けられております。米子駅の0番線から、境線は出発するのですが、ここには『霊番のりば』、つまり幽霊の『霊』と何番の『番』を付けた名前がつけられています。

もう一つの特徴は、この境線は米子が始発ですが、米子は山陰本線の大きな駅で、山陰本線との乗り換えもできます。これが鉄道の入口です。

二番目は『空』です。弓ヶ浜半島の途中に米子空港があり、境線の途中にも『米子空港駅』があります。この米子空港まで、米子から、リムジンバスが出ているので、空港を利用する人間は、この境線の米子空港駅で降りてもいいし、その始発駅の米子から、リムジンバスに乗って直接、米子空港まで行くことも、可能です。

もう一つ『海』の入口でもあることが、他の町と違っています。

境港《さかいこう》は戦争中、朝鮮半島や、旧満州国に向かって船が出るようになったので、海上交通の面からも重要な港になったのですが、最近では豪華客船の停泊ができるように、大きく改造されており、こちらで調べたところによると、神戸《こうべ》港を出港して、日本一周をクルージングする『飛鳥Ⅱ』という大型の豪華客船が、九月十日の午前八時に境港に着岸し、午後四時に、出港することになっています。つまり、海からも直接この境港市に入って来て、出て行くことができるのです。

念のために、鉄道の時刻表を、写してきましたのでここに貼《は》っておきます。平日なら、二十二本の列車が動いていて、列車はすべて、終点の境港まで行くので、地方鉄道としては、便が良いというべきでしょう。他のルートを含めて、犯人は自由に境港に入り、境港から出て行くことができるのです。

空のルートでは米子空港と東京の間には、全日空が、一日六往復飛んでいます。地方の小さな空港としてはそれなりの便数だと、いうべきでしょう」

大ざっぱにいって、二時間に一本の割合で羽田《はねだ》から、米子空港に、到着しているし、米子から羽田に向かっても、一時間半から二時間の割合で飛行機が飛んでいる。

なお、羽田—米子間の飛行時間は、約一時間二十分である。

捜査会議の最中に、鳥取県警から今村警部が到着して、会議に加わった。

まず、挑戦状の表現について、十津川が、今村に話した。

「問題は手紙の中で、『ミス猫娘』の永田香織のことを、気に入ったから時々眺めている……という表現のあることです」

十津川がいった。

「誘拐された永田香織が、生存しているかどうかなのです。『気に入って時々眺めている』という表現が、まだ彼女が、生きて監禁されているということなら幸いですが、すでに、殺されていてその遺体を眺めているという意味なら、これ以上、悲しいことはありません。生きているなら、一刻も早く助け出して、家族の元に帰してあげたい。これが、この手紙に対する私の考えです」

2

捜査会議の後、十津川と亀井は、県警の今村警部と、三人だけで、犯人の挑戦への対応について、話し合った。

今村警部が明日一日、東京に留《とど》まり、明後日《あさって》、鳥取県警本部に戻ると、自分のスケジュールを、十津川に告げた。

十津川たちも、犯人が、九月十日と日時をきって挑戦状を、寄越《よこ》したので、前日の九月九日には、境港に行くつもりだと、今村にいった。

「今回の犯人像ですが、電話の声の調子、そして挑戦状の文章などから、四十代から五十代の中年の男、というのがこちらで考えている、犯人像です」

と、十津川がいうと、今村は、

「そうすると、犯人が十八歳の若い女性にこだわるのは、例《たと》えば、犯人は、娘を溺愛《できあい》していたが、十八歳で彼女が死んだ。そのことから、十八歳の娘を、殺したり、誘拐したりしている。そういうことなのですが……」

「それも、考えました。あるいはもっと考えを飛躍させて、中年男性が、十八歳の若い娘を好きになった。ところが、馬鹿にされ、いいようにあしらわれて屈辱を受けたので、世の中の十八歳の娘を憎み、殺したり誘拐したりするようになった。こういうことも考えられますが、今のところ、どちらも確証はありません」

十津川は、あくまで推測にすぎないことを強調した。

「次は、犯人が境港にこだわる理由ですね。挑戦状には、前にうまくいったから、自分にとって縁起が良いところだと書いてありますが、果たしてそれだけでしょうか？」

今村警部が、疑問を口にした。

「たしかに今村警部のいわれるように、ただ単に前に境港市でうまくいったから、もう一度境港で十八歳の娘を、というだけではないかもしれません。

何らかのつながりが、犯人と境港の間にはある、と考えて良いでしょう。一時境港に住んでいたとか、自分の娘が、境港で事故死をしたとかです」

「私は明後日、境港に帰るつもりですが、過去十年間に、今回の事件と関係がありそうな事件があったかどうか調べてみるつもりです。もし、それが見つかったらすぐ、お知らせします」

と今村が、いった。

この後、彼が持って来た、境港と、その周辺の写真を検討することになった。

「境港は、現在人口約三万四千人、山陰ではかなり大きな町ですし、港の大規模な改造もさかんに行われています。日本海の航路を走って、境港に寄港する豪華客船も多くなりました。

九月十日には、『飛鳥Ⅱ』も午前八時に入港し、午後四時に出港することになっています。日本一周の航路の途中、境港に寄るわけですが、船客の数は今の時点で約六百人。それだけの人数が『飛鳥Ⅱ』に乗っているわけですから、その中に、犯人がいることも、十分に、考えられます。しかも、出港の午後四時まで境港の町をバスで回るコースも予定されているそうです」

今村がいった。

「今村警部のいわれたように、境港の町を遊覧するコースも用意されていて、すでに、百人の乗客が、このコースに参加を申し込んでいるそうです。その中に、犯人がいるかもしれません」

亀井が補足する。

「米子空港は、自衛隊と民間空港会社が共有しているんですが、東京の羽田との間に一日六便の往復便が、飛んでいますから。地方の空港としては、便利が良いほうですね」

十津川がいった。

例えば米子発羽田行きの最初の便は、午前七時二〇分である。この便に乗れば、八時四〇分に羽田に着く。

「一七時三〇分米子発、という航空便がありますよ。これに乗ると一九時ちょうどに羽田に着きます。その前に『飛鳥Ⅱ』が境港を出港することになっています」

今村がいう。

「午後四時前後というのは、鉄道の便もありますか？」

と亀井が聞いた。それに対して、今村が答える。

「九月十日は土曜日です。午後四時前後と限定すると、一五時二三分境港発の列車に乗ると一六時〇四分に米子に着きますし、一六時二一分境港発の列車に乗ると、米子には一七時〇四分に着くことになります。午後四時前後だけを考えると、今申し上げたように、境線の列車が走っているし、米子発の羽田行き飛行機も出ています。『飛鳥Ⅱ』も午後四時には境港を出港しますから、午後四時前後に誘拐に成功すれば、どの方法を取っても、境港を逃げ出すことができるわけです。

この他、陸上を車で逃げることもできます。境港と島根半島の間には細い水路がありますが、ここは現在橋が架かって島根半島にも抜けられます。米子に出て、山陰道を京都方面に逃げる方法もあるのです。

これだけのルートがあるので、犯人が境港に、狙《ねら》いを付けたのかもしれませんね。犯人は、逃げようとすると、これらのルートのどれでも使えます。国道に車を走らせる、船で出港する、米子空港を使って羽田に飛ぶ、最後には、境線という列車が、あります」

今村が、事件とは関係ない話だが、と断って、続けた。

「この列車はちょっと面白くて、営業で使われるのは気動車なんですが、米子と三つ目の後藤《ごとう》駅までは、電化されているんです」

「どうしてこの区間だけ電化されているんですか？」

亀井がきいた。

「この後藤駅には、後藤総合車両所というJRの大きな施設が、あるんです。そこへ故障した電車など、運ぶために、米子とこの後藤駅の間だけ、電化されているのです」

今村警部が答える。

「事件とは関係ないと、いわれましたが、その四駅間だけ、電化されていることを、犯人が利用するとは考えられませんか」

十津川がきいた。

「境線にはディーゼルしか走っていませんから、今のところこの短い電化区間を、犯人が利用するとは思えません」

と、今村警部はいう。

最後は、今村警部が撮ってきた境線の、いわゆる、ラッピング列車の写真だった。すでに、六月十日の事件の時に、十津川たちもこのさまざまなキャラクターを車体に描いた列車を見ているのだが、改めて賑《にぎ》やかな車体だなと感心した。

「全部妖怪《ようかい》の名前で呼ばれているんですね。鬼太郎列車とか、ねこ娘列車とか」

亀井がいった。

「地元の人間は、そう呼んでいます。駅のホームにも、水木しげるさんの描いた妖怪の像が飾られていて、列車だけではなく駅にも鬼太郎駅とか、漫画の主人公の名前で呼ばれていますから、この漫画について知らない人間がきくと、驚くかもしれません」

「現在、境港の人口は、三万四千人ですか。地方自治体としてはかなり多いですね。

そうすると十八歳の娘さんもかなりいることに、なるんでしょうね」

十津川がきいた。

「今、市役所の方で、人口比を調べていますから、わかり次第報告しますよ。それに今回の犯人が、今までで一番気に入ったという永田香織は、境港の人間ではなく、町にたまたまやって来た東京の娘さんです。東京から、境港にやって来る女性もいますから、他県の十八歳の女性を、犯人は狙うかもしれません」

今村警部が答えた。

「そうなると境港で犯人と戦うのは、かなり、苦労しそうですね」

十津川は境港周辺の、地図を見ながら、いった。今村警部も、

「犯人が、飛行機でやって来て、飛行機で、逃げるとは、限りませんからね。飛行機で来て、船で逃げるかもしれないし、鉄道で逃げるかもしれない。さらにいえば、車で逃げることも考えられますから。すべてのルートを押さえるのは、かなり大変だと思います」

といったが、十津川は、別に大変だとは思っていなかった。とにかく、境港で犯人を、逮捕すればこの事件は終わるのだ。

この後、出前を頼み、食事をしながら三人で話を進めていった。

十津川たちが重視している犯人の好みの問題になった。犯人は、ただ単に十八歳の娘というだけでは満足していないのだ。永田香織は気に入ったが、鎌倉で狙いをつけた、加藤宏美は気に入らず、途中で、誘拐をやめてしまっているからである。

「十八歳でも、可愛い女性より、大人びた女性が好きというのは、どういうことを、意味しているんですかね？」

今村がいった。どうしても、話はそこに戻ってしまう。

十津川は、三上本部長に話した内容を、今村にも伝えた。

「自分の娘のような、近親者にかかわることとか、それとも、まったくの他人であった、若い女性との間で、経験したことにかかわるのか、断定するだけの材料は、まだありません。しかし、十八歳にしては、大人びていた女性だった、とはいえると思っています」

「まったくの他人の場合は、どのような関係だったのか、雲をつかむような話です。しかし、近親者、ことに溺愛していた娘の死、といったことなら、具体的な情景は、描けますよね。愛する娘を失った父親というのは、日本には、何人くらいいるんでしょうか？」

「わかりませんが、一人二人ではなくて恐らく、百人単位くらいは、いるんじゃありませんか」

と十津川はいった。

捜査の参考ということで、犯人が、気に入った永田香織の顔写真と、気に入らなかった、鎌倉の、加藤宏美の顔写真をコピーして刑事たちに持たせていた。十津川はその二枚の写真を今村警部に渡して、

「犯人逮捕に、一番役に立ちそうなのは、この写真かもしれません」

と、いった。

十津川は犯人について、二つのストーリーを作っていた。もちろん、その他にもストーリーは作れるのだが、さしあたって現在、十津川が、頭の中に描いていたストーリーは二つである。それを、今村警部に話した。

ここに、中年の男がいる。その男は十八歳になる一人娘を溺愛していた。ところがその娘を、自分のミスで死なせてしまった。そのため男は神経に、異常をきたしてしまう。死んだ娘と同じ年頃の女性を見ると、執拗《しつよう》にその後をつけ廻《まわ》すようになるが、そのうちに、自分の娘は死んでしまったのに、他の十八歳の娘が生きていることに、憤《いきどお》りを感じ、ついに、ある時十八歳の女性を、殺してしまった。

その瞬間なぜか、娘が死んだ悲しみや、怒りが消えていくのを感じて、それ以降、

死んだ娘に似ている女性を見ると、殺意を覚えるようになった。

第二のストーリーは、こういうものだ。ここに中年の孤独な男がいる。事業に成功し、金も名誉もあるのだが、唯一の不満は家族のないことだった。そんな男はある日、十八歳の、ちょっと大人びた娘に恋をしてしまった。

男は、その娘に夢中になった。さまざまなプレゼントをし、愛を告白したが、その娘は男をバカにし、彼がプレゼントした物を売ってしまった。かっとして男は、その娘を、殺してしまった。

その時に見た真っ赤な血が男をおかしくさせた。十八歳の娘で顔立ちが似ている女を見ると、殺意が湧《わ》いてきてしまう。その女を殺すと、なぜか快感が湧く。そのことが彼の業《ごう》になってしまった。その後、似たような大人びた十八歳を見ると、殺したくなってしまう。しかし、ただ殺したのでは、わずかに残っていた良心が痛む。その良心を黙らせるために、警察への挑戦を始めるようになった。

そうした一種の儀式の中で十八歳の娘を殺すと、良心が痛むこともなくなった。

そのうちに、時間をおいて、暗い衝動が、男を襲うようになって来た。そこで六月十日に境港で「ミス猫娘」の女性を誘拐し、七月十日には、鎌倉で、ポスターの女性を狙って警察に挑戦状を突き付けたが、化粧を落としたその女は、余りにも幼い顔立ちだったので、誘拐することを、やめてしまった。

「東京での二件の殺人事件は、三月と四月の、それぞれ十日に起きています。境港は六月十日。未遂に終わったとはいえ、北鎌倉は七月十日。次の犯行予告は九月十日です。最初の長崎の事件は、去年の十二月十日でしたから、犯行の間隔が、短くなっている印象をうけます」

十津川は、つのってくる不安を、口にした。

「おっしゃるとおりです。犯人は、毎月十日が迫ってくるたびに、強い殺意に、突き上げられているようです。警察への犯行予告も、自分自身を、そこに駆り立てるための、準備運動のようなものでは、ないでしょうか」

今村の言葉に、十津川と亀井が、頷《うなず》いた。

3

十津川は九月十日の前日、九日には現場である境港市に行くつもりになっていたが、それまでの五日間、今までに、連続して起きた事件について、刑事全員で復習することにした。

まずは十日と十八歳という数字である。犯人は、なぜか毎月十日に、犯罪を犯すか、犯罪を犯そうとしている。八月十日は、何をしたかわからないが、犯人は今までの犯罪と同じようなことを考えていたのではないかと思われる。

次は十八歳である。この年齢にこだわる理由は何なのか。

この二つを考えると犯人の輪郭《りんかく》が見えてくるかもしれない。

そこで、過去十年間にわたって十八歳と、十日の二つが絡んだ事件が起きていないかを調べることにした。

東京と地域を限定することは、鎌倉や境港のことを考えれば危険である。十津川は、日本全国の警察署に協力を仰《あお》ぐことにした。

十津川をはじめ刑事たちは、全国の警察署に電話し、「十日」、「十八歳」の二つのキーワードで過去の事件を調べてもらうことにした。

正直にいえば、十津川は、あまり期待できないと思った。

何しろ、漠然としすぎているし、殺人事件と限定できないからである。三件は殺人だが一件は誘拐、一件は誘拐未遂なのだ。

すべてが、殺人事件なら、調べるのも楽だろうが、違うのだ。それでも、十津川は、全国の警察署からの報告に期待した。

数日間がむなしく過ぎ、境港へ行く前々日になって、やっと、京都府警からそれらしい報告が、届けられた。

一年半前の一月十日に、京都の旧家・大河内《おおこうち》家の一人娘、菊乃《きくの》十八歳が、死亡した事故があった、というのである。

大河内家の先祖は、京都御所《ごしょ》の護衛にあたっていた、いわゆる北面《ほくめん》の武士の流れを汲《く》む、旧家だという。その何代目かの当主が大河内学《まなぶ》といい、それ以外のことは、まだわからないというのだが、十津川はこの報告に飛びついた。

どうせ九月九日には、境港に行くことになっているからと考え、十津川は一人で、その日の内に、京都へ飛んだ。

4

京都では、この報告をしてくれた京都府警本部の金子《かねこ》という警部に会った。十津川は一年半前に、亡くなったという、大河内の娘の父親、大河内学に会いたかったのだが、知らせてくれた金子警部は、

「しかし、この大河内学という父親は現在行方不明なのです。区役所に届けられてい

る住所は、今でもそのままになっています。一人娘の菊乃が死んだあと、大河内学は突然引っ越してしまったのですが、その移転先が、不明なのです」

「大河内家というのは、北面の武士の子孫だそうですね」

「そのとおりです。有名な北面の武士というと西行《さいぎよう》がいます。西行は、若い時に鳥羽《とば》院の、北面の武士になっていますが、なぜか二十三歳で出家し、生涯旅と歌を愛したと、いわれています」

「大河内家というのは、どんな家柄なんですか？　北面の武士の子孫だということは、わかりますが」

と十津川がいった。

「大河内家は代々、京都御所の近くに住んでいたんですが、大河内学が当主になり、一人娘の菊乃を得た頃に奥さんが、亡くなっています。そのためになおさら、一人娘の菊乃を溺愛していたようです。昨年の一月十日に、東京で『世界を代表する乙女の会』というのがありまして、京都から、日本代表として、菊乃が、参加しています。父親の大河内学も同行するつもりだったようですが、仕事があって、一日遅れで東京に行くことになっていました。

その第一日目の夜、大河内菊乃が、東京のホテルで自殺してしまったんです。遺書はありませんでしたから、どんな理由で、自殺したのかは、わかりません。父親はその一人娘を溺愛していましたから、すぐ東京に飛び、『世界を代表する乙女の会』の事務所に、どうして、娘の菊乃が自殺したのかを問い詰めたそうですが、これといった返事はもらえなかった。その後、大河内学は、京都から姿を消し、未《いま》だに、行方不明のままです」

「写真はありませんか。大河内学と菊乃の、二人の写真があれば、ぜひ欲《ほ》しいんですが」

十津川の言葉を待っていたように、金子警部が、ファイルケースを取り出してきた。

「警視庁からの照会があった時に、係の者が気をきかせて、写真も用意してくれました。父親の大河内学さんは、名の知れた方ですので、いろんな集まりにも、顔を出されていました。その時に撮影されたものです。集合写真ですので、特徴がわかりにくいかと、何枚か、取りそろえてあります。娘さんのほうは、自殺だったので、事件性もなく、それに東京でのことでしたので、少々、手間取りましたが……」

十津川はまず、父親の大河内学の写真に、目を通した。

いちばん上にあったのは、なにかの公式の会合だろうか、羽織袴《はおりはかま》に威儀《いぎ》を正《ただ》した姿が写っていた。ほかの写真も、いずれも和服姿だった。端整《たんせい》な顔立ちが、他の人たちから、きわだっていた。

十津川は、次に、娘の菊乃の写真を、手に取った。

舞台の上に、国際色豊かな、民族衣装で着飾った女性たちが、並んでいた。うしろの横断幕から、コンテスト風景だとわかる。

中央からやや左手に、振り袖姿の日本女性が写っている。その女性だけを、大きく引き伸ばした写真も、添えられていた。

「先ほどいいました、コンテスト会場でのスナップです。今のデジタル技術は、すごいですね。大きく伸ばしても、粒子が荒れません。娘さんの表情も、鮮明に写っています」

十津川は、その女性の顔を見て、頷くものがあった。十八歳にしては、成熟した雰囲気に包まれていた。

「娘さんの写真は、それ一枚しか、手に入らなかったようです。家族写真や、日常のスナップは、見つかりませんでした。係の者も、首をかしげていました。もしかしたら、父親が、籠《かご》の鳥のように、娘さんを育てたのかもしれませんね」

金子の最後の言葉が、十津川の印象に残った。

「金子さんのわかっている範囲でいいんですが、この親子について話していただけませんか」

「京都の旧家の娘ですから、菊乃は女性として必要な教養は、すべて身に付けていたといわれています。礼儀作法、生花《いけばな》、和歌などです。高校生の時に和歌の全国的な会で、優勝しています。もちろん、お茶や踊りの才能もあり、そのために、日本を代表する娘ということで、大会が開かれた東京に、一月十日に行っています。そしてその日の夜、ホテルで、自殺してしまうのです」

「大河内学という男ですが、行方不明になってから、何か消息は摑《つか》めていないんですか？」

十津川がきいた。

「消息はまったく、摑めていません」

「しかし、京都という古い都の中でも、旧家ということになれば、京都に大河内家の親戚《しんせき》や知人は、多いんじゃありませんか」

「もちろん、多いですよ。しかし、大河内学の消息は親戚、知人でも、まったく摑めないそうです」

「彼の年齢は幾つですか？」

「たしか、今年で、五十歳になると思います」

「気性は激しいほうですか？」

「私が知る限りでは、穏やかな、性格だということです。しかし、北面の武士の子孫ですから、内面には激しさを抱《かか》えているのではないかと、私は見ています」

と、京都府警の金子が、いった。

5

十津川は九月九日、境港に向かった。今までは、新幹線と地方鉄道を使って境港に行っていたのだが、他に方法があるとわかったので、いったん東京に戻り、今回は羽田から米子空港までの飛行機を、使うことにした。

羽田発九時三五分発の全日空便に乗った。米子空港には、予定より五分遅い、一一時ちょうどに到着した。米子空港からは、境線を使って終点の境港に向かった。乗った列車は、『ねこ娘列車』である。終点の境港で降りる。これで二回目である。

最初に、境港に着いた時に十津川が、感じたのは、田舎《いなか》と都会が同居している町だというものだった。あるいは、漁港と豪華客船の寄港地との同居といってもいい。そうした感覚は、たぶん境港という町の成り立ちからきているのだろうと、十津川は思った。

まず、港に、向かって歩いてみる。旧満州や朝鮮半島に行く日本海側の港という歴史と、近海マグロの漁港でもある歴史が、色濃く残っているのが、歩いてみるとよくわかる。

大きな魚市場がある。のぞいて見ると、近海で捕れたマグロが、あふれていた。普通、マグロは遠洋漁業なので、捕ってすぐ、急速冷凍してしまう。そして凍ったまま築地の市場に、運ばれてくるのだが、この境港では近海でマグロが、捕れるので、凍らせずに生のままで、港に運ばれて来る。その分、東京の魚市場のマグロより美味《うま》いといわれている。

近海マグロの水揚《あ》げ量は、何度も日本一になった。その漁港で今、大改造が行われていた。隠岐《おき》諸島へのフェリーの出発港になっていたし、最近は、日本や外国の、豪華客船が寄港するようになったからである。

海を見てから、境港の町に入っていくと、こちらのほうは、亡くなった水木しげるが創《つく》ったさまざまな妖怪で、あふれていた。境港駅から本町《ほんまち》の商店街へと続く水木しげるロードには、妖怪をかたどったブロンズ像が百五十三体も並んでいるという。

十津川は境港警察署に寄り、鳥取県警の今村警部に会った。今村が、いう。

「あれからすぐ帰って、この境港の町に十八歳の女性が何人いるか調べたんですが、なかなか正確な人数は摑めません。というのも、若い女性の観光客が、最近、やたらに増えているからです。観光客の十八歳の女性を、この町の十八歳と一緒に数えたらいいのかどうか、わからないんです。犯人は自分が誘拐する十八歳の娘の名をいっていませんから、この町の女性か、観光客の中の女性か判断がつきません」

「たしかに私も、その点が不安なんです。一応、この町の十八歳の娘をピックアップして、人数が少なければ一人一人を、警察が警護する。しかし観光客の中に、若い娘が、多かったら、そちらのほうの警護もする必要がありますね」

十津川はそこで、前日に京都府警の金子警部が、手渡してくれた、大河内学と、娘の菊乃の写真を取り出した。そして、この二人について、金子警部から教えられたことを、今村にも伝えた。

「ぴったりじゃないですか！　一連の事件の犯人像と、条件がすべて当てはまります」

今村が、うなった。

「決めつけるには、まだ早いかもしれません。しかし、これほど条件が一致するのですから、大河内学が、重要参考人であることは、間違いありません」

十津川は、慎重な姿勢をくずさなかったが、内心では、大河内学が犯人である可能性は、きわめて高いと考えていた。

二人の写真をコピーした後、今村は十津川を、境港警察署長に紹介した。

そのあと、十津川は、今村と二人で、境港の町を、歩いてみることにした。六月十日の祭りの時に、「ミス猫娘」になった永田香織が、犯人に誘拐されてしまったのに、観光客の姿は少しも減ってはいない感じだった。

特に女性の姿が多い。それも、若い女性たちである。その何人かは、十津川が年齢をきいてみると、十八歳だった。高校卒業後、浪人せず大学に行くと、九月の時点で十八歳である人は多いだろう。夏休みの旅行で、境港に来ているのかもしれない。

その後二人は、カフェに寄り、渇いた喉《のど》を潤《うるお》したのだが、自然に、京都の大河内家のことが、話題になった。

「大河内学の行方は、わからないんですね？」

今村がきく。

「残念ながらまったくわかりません。京都の市役所でも、大河内学が、京都からいなくなってからどこに行ったのか、摑んでいないそうです。亡くなったのかどうかも、わからずに困っているそうです。住民票がそのままなので、市役所では、住民税や、健康保険料の督促状《とくそく》を送っていましたが、受取人不明で戻ることがつづいて、今はもう送っていないようです。市役所の係員が、その住所に大河内学が居住していないことを確認して、督促リストから削除した、ときいています」

「十津川さんは、大河内学が東京に潜伏していると、お考えですか？」

「たぶん、首都圏のどこか、都心から一、二時間で行けるあたりではないかと、考えています」

「どこか、具体的な、お心当たりでも？」

「いえ。四谷、南青山、北鎌倉といった、犯人の行動範囲からの推測です」

「長年にわたって、京都に住んできた大河内学に、東京での土地鑑があった、ということですね？」

「大学時代の四年間を、東京で過ごしたといいます。それに今では、グーグルマップやカーナビもあり、土地鑑の重要性も、うすれていますから」

今村は、それで納得したのか、話題を変えた。

「私は、この境港に帰ってから、十八歳の女性の何人かに会いましたが、やはり、一人一人の顔立ちが、気になりました。例の、大人の女性の美しさ、というやつです。

これからは、先ほどいただいた写真の、大河内菊乃に似ているかどうかが、重要になりますね」

「同感です。捜査の重点を、そちらに移そうと、考えています」

十津川の言葉に、今村も頷いた。

「ところで、大河内家というのは、京都では、古い名家なんでしょう。大河内学は、どのくらいの資産を、持っていたんでしょうか。その資産の中から、どのくらいの金を、持って姿を消したんでしょうか?」

今村が重ねてきいた。

「京都府警に、調べてもらっているんですが、大河内学は姿を消す前に古い自分の屋敷を、四億円で、売っているそうです。買ったのは京都市内の、不動産屋ですが、御所にも近く昔の面影《おもかげ》を残した家なので、普通なら、五億か六億円はすると、いってました。それを安く売って、大河内学は、姿を消したんです」

「すると、現在も四億円ぐらいの現金を持っている、と見て良いんでしょうか?」

「東京にいれば、住居を買ったか借りていると思います。残りの金で何かをしようとしているんだと、思うのですが、まったく見当が、付きません」

「現在、大河内学は、一人だと思いますか。それとも、誰かと一緒にいると、思われますか？」

「私は、一人だと、思っています。一人で、亡くなった一人娘のために、何かを、しようとしているんですよ。それは、優しいことではない。何か、恐ろしいことだという気が、私はしています」

「たしか、アメリカかどこかで、似たような事件が起きて、恐ろしい結末に、なったという記事を読んだことがあります」

今村がいった。

「この大河内学と同じように、溺愛していた一人娘を、殺された男が、娘と同じ年代の女性たちを殺し、それぞれの身体の部分を使って、死んだ娘の人形を作ろうとする。そんな事件の記事を読んだことがあるんですよ。ただ、こちらのほうは、今までに三人の娘が殺されていますが、身体の一部を切り取られた形跡はありません。したがって、そうした猟奇《りようき》的な事件ではないと思うんですが、それでも嫌な予感に、襲われることがあって、困っています」

第六章　戦いへの準備

1

十津川は、犯行予告日間近でも、大河内学という五十歳の男について調べを進めていた。そんな中で、京都府警の金子警部から、連絡があって、八月十五日に大河内学を見た人がいるというのである。

十津川は迷うことなく、京都に飛んだ。

京都駅の八条口にパトカーで待っていた金子警部が、十津川を連れて行ったのは、六道《ろくどう》の辻《つじ》に近い寺だった。

「平安時代にはこの近くの六道の辻から向こうがあの世で、こちら側が現世だったんですよ。だから向こう側には、放置されたままの死体がゴロゴロしていたといわれています。前年に身寄りを亡くした人たちが、お盆になるとこの寺に集《つど》って、鐘を鳴らしながら亡くなった人の名前を呼ぶんです。亡くなった人の霊を、こちら側に、呼ぶわけです。お盆の間は、こちら側にいていただいて、そのあと送り火で向こう岸に帰ってもらう。五山の送り火がそれに当たります。

八月十五日のお盆に、この寺の近くで大河内学を目撃しているんです。たぶん、東京では、古都京都のように、あの世から溺愛《できあい》していた娘さん、菊乃さんを呼ぶのは難しいと思って、この寺に来たんじゃないかと私は考えているのです。大河内学は、京都の有名人ですから、彼を目撃したというのは事実だと思います。彼が神妙な顔で、鐘を鳴らしながら、菊乃さんの霊を呼んでいたといいます」

金子はいう。

「大河内学が、八月十五日のお盆には、京都に来ていたとすると、何日間か、京都にいたことになりますか？」

「お盆は、普通は四日間といわれますが、五日間は、京都にいたと思われます。市内の北に、千本閻魔堂《せんぼんえんまどう》があって、ここもあの世と関係がありますが、そこでもお盆の頃、大河内学が目撃されているのです」

と、金子が、いう。

十津川は、その千本閻魔堂にも、案内してもらった。

二メートルはある閻魔の木像があり、その横に平安時代の役人が控えていた。昼は宮中に仕《つか》える役人で、夜になると秘密の通路を抜けて、閻魔大王に仕えていたという小野篁《おののたかむら》である。

「ここで大河内学は、何を閻魔様に頼んだんですかね？」

十津川がきいた。

「娘の魂が地獄ではなくて、極楽に行けるように、閻魔様に頼んだんじゃありませんかね」

何となく、お伽話《とぎばなし》のような話だが、東京と違って、京都には、そんなお伽話が似合っているような気もする。

大河内学は、生まれ育った京都に来て、そうした古いしきたりや祈りをする時だけ、自殺した娘が、生き返ってくるような想いに、囚《とら》われていたのかもしれない。

「大河内学は、京都にお盆の頃、五日間ほどいたといいましたね？」

「正確な日にちは、わかりませんが、三日から五日くらいは、いたと思います」

「その間、彼は、どこに泊まっていたんでしょうか？」

「一般のホテルや、旅館に泊まっていたとは思えません。何しろ大河内学は、いったん京都を捨てて、どこかへ、逃げた人間ですからね。京都へ来ても一般の人が泊まるようなホテルや、旅館は敬遠したと思うのです。大河内家と親しかった古い旅館なら、自分のことを、あれこれ、いわないだろうから安心して、お盆の間、泊まっていたと思います」

金子警部は、そういったあと、渡月橋《とげつきょう》近くにある一軒の旅館に十津川を案内した。

嵐電《らんでん》を終点で降り、嵯峨《さが》の竹林に入っていくと、その先に小さな旅館があった。しかし、人が泊まっているようには見えなかった。

「たぶん、この旅館だと、思うのです。ここは大河内学が別荘として使っていた家なんですよ。京都人は東京なんかの資産家と違って、京都の中に別荘を持つんです。大河内学が姿を消してから、この別荘を大河内の友人が、借り受けて、旅館にしていたと聞いたことがあるので、もし大河内が京都に泊まるとすれば、この旅館だろうと思いますね。何しろ、いちばん親しい友人がやっているところですし。昔の別荘ですから、彼一人だけが、泊まっていて、他の人は、泊まらせない。そんな勝手なこともできますから」

金子はいう。続けて、

「これから旅館の主人に会うんですが、今年のお盆に大河内学が泊まりに来たということは、その事実があっても、否定するでしょうね」

と、いった。旅館の玄関のベルを鳴らすと、五十代の女性が、顔を出した。旅館の女将《おかみ》だという。その女将に金子が警察手帳を見せて、

「ちょっと、込み入ったことを、お聞きしたいのですが――」

と、いうと、女将は、黙って、二人を広間に通した。

家の中はひっそりとしていて、現在、泊まり客がいるとは、思えなかった。

「今日は、誰も泊まってはいないようですね」

金子がいうと、女将は、

「昨日で、皆さんお帰りになりました」

という。広間には床の間があって、そこに、額が掛かっていた。誰かの詩を書いた額だが、十津川は、額の署名に大河内という名前を、読み取った。

「ここは昔、大河内学さんの別荘だったそうですね」

十津川がいうと、

「でも今は旅館になっています。たしかに、大河内学さんの別荘でしたが、彼が京都を去る時に、譲っていただきました」

「譲ってもらった、というのは、購入された、ということですか?」

「ええ。そうです」

「もしよければ、いかほどで、購入されたのですか？」

女将は、笑顔を絶やさなかったが、

「貧乏所帯ですので、たいして蓄《たくわ》えがあるはずもありません。お恥ずかしいくらいのところで、譲っていただきました」

正確な購入金額は、教えてくれなかった。商いのうえのこととはいえ、京都人の口は固い。

「今、大河内さんがどこで何をしているか、わかりますか？」

金子がきく。

「いいえ。このところ、まったく連絡がないのでわかりません」

と、女将は答えたが、明らかに嘘《うそ》をついている、という感じだった。

「大河内学さんに連絡を取りたいんですが、今年のお盆の時に、何日かここに、大河内さんが泊まっていかれたようなことはありませんか？」

十津川が、きいた。

「いいえ、大河内さんはお見えになっていません」

「実は、六道の辻にあるお寺と千本閻魔堂に寄って来たんです。そうしたら、六道のお寺でも千本閻魔堂でも、今年のお盆に大河内学さんを見たという人がいました。亡くなった娘の菊乃さんの霊を呼んでいたというのですよ。その時、この旅館に泊まっていったともいっているんですが、違うんですか？」

金子警部がちょっと嘘をついた。

女将の顔に、いぶかしげな影が走った。

「本当に、大河内さんが、そうおっしゃったんでしょうか？」

「大河内さんと出会ったという方は、そういっています。それとも、大河内さんが、そんなことを、いうはずはないと……？」

女将は、追い詰められた形で、一瞬、口をつぐんだ。が、すぐに、切り出した。

「これは、誰にもいわないでくれと、大河内さんに口止めされたんですけどね。たしかに、お盆の三日ほど、お泊まりになっています」

「大河内さんと、女将さんとはずいぶん古いお付き合いなんじゃありませんか？」

金子がきく。

「小学校の同窓生ですから」

女将が、笑った。

「それでは、大河内さんのご家庭内についても、よく知っておられるんでしょうね？」

「深いお付き合い、というよりは、浅く長いお付き合いでしたので、詳しくは、存じあげません」

「お嬢さんの菊乃さんは、不慮《ふりょ》の死を迎えられましたが、大河内さんは、落胆されたでしょうね？」

「それはもう……。『ぼくの子猫ちゃんは、どこに行ってしまったんだ』と、見ているのがつらくなるほどの、お嘆《なげ》きでした」

「菊乃さんのことを、子猫ちゃんと、呼ばれていたのですか？」

「お嬢さんの、幼い頃からの、あだ名でした」

やはり、という思いが、十津川にはあった。

「それで今年のお盆に、三日間、泊まった時、女将さんと大河内さんは、どんな話を、したんですか？」

「ほとんど、亡くなった、お嬢さんの話でしたよ。それにしても、警察は、どうして、大河内さんを捜しているんですか？」

と女将のほうが、きいてくる。

「捜査中ですので、詳しいことは申し上げられませんが、ある事件について、大河内さんに、おききしたいことがあるのです。大河内さんは、一年ほど前に、ご自宅を売却され、どこかへ引っ越されています。しかし、住民票は、移されていません。市役所でも、わからないといいます。ですから、こちらで、なにかご存じであればと、おじゃましたわけです」

十津川が、答えた。

「大河内さんは、なにか重大な事件に、かかわっておられるのでしょうか？」

女将は、先ほど手渡した、十津川の名刺に、視線を落としていた。警視庁捜査一課の警部が、どのような事件を担当しているのか、それくらいはわかっているはずである。

「今の段階では、かかわりがあるのかどうか、わかっていません。大河内さんにお話をうかがって、かかわりのないことがわかれば、それでいいと思っています」

十津川は、大河内の容疑をあいまいにして、女将の気持ちをくつろげようとした。

「大河内さんが、こちらに逗留《とうりゅう》されている時に、なにか気づかれたことはありませんか？」

十津川が、重ねてきいた。

「一日目は、普通だったんですけど、二日目から、大河内さんの様子が少しおかしくて、心配しました」

「どうおかしかったんですか？」

「最初の日は、何ともなかったんですけど、二日目と三日目は、夜中に、仲居が、大河内さんのうなされているような声をきいているんですよ。私どもは、心配していたんですが、朝、お起きになると、何事もなかったように食事を召し上がって、外出されるんです。ただ布団《ふとん》をたたみに行くと、枕に、寝汗のようなシミがあるのが、わかりました。ああ、これは、うなされている時に、おかきになった汗ではないかと、思いましたが、きくわけにもいかず、こちらも知らないふりをして、三日間を過ごしました」

と女将がいった。

「大河内さんの、現在のお住まいについて、なにか、ご存じありませんか？　漠然と、どちら方面ではないか、といったことでも、いいのですが」

十津川が、きいた。

「大河内さんは、東京に住むのは初めてだったようで、東京の、どの辺に住んだらいいのかが、わからないとおっしゃっていました。私の親戚《しんせき》が東京で、不動産の仕事をしているので、その親戚を、紹介したことがありますけど」

と女将がいう。その、不動産業者の名前をきくと、十津川は、翌朝一番で、迷わず京都駅から、新幹線に乗って、東京に向かった。

2

女将が紹介してくれた不動産屋は、新宿西口にあった。

店に入り、主人に会った。とにかく、時間との勝負である。今日は、九月八日。明後日《あさって》になれば、犯人が、境港で十八歳の娘を誘拐するか、殺すかすると宣告しているのだ。何とかして、それを、防がなければならない。

十津川は、いきなり警察手帳を見せて、

「社長さんは、京都の大河内学さんと親しいそうですね？」

「いや、さほど親しくはありませんが、私の親戚の女性が京都にいて、彼女が大河内さんと親しいのです。大河内さんが誰にも知られずに、東京に住みたいというので、その縁で、私が適当な物件を何軒か探してさしあげたわけです」

「それで、その物件に大河内さんは今住んでいるんですか？」

と、十津川がきいた。

「紹介した物件はわかりますが、今も、そこに住んでいらっしゃるかどうかわかりません」

「とにかくその物件を、教えてください」

「お一人だというので、マンションのほうが良いでしょうと申し上げたんですが、マンションだと住人との付き合いが難しいから、一軒家のほうがいいとおっしゃいました。そこで昔、芸能人が、別荘に使っていた家で、青梅《おうめ》の高台にあり、周《まわ》りに、家がないという物件をご紹介したところ、気に入ったようで、すぐ契約をして、お住まいになったはずですが」

と、社長がいった。

「その家に、すぐ案内してください」

十津川がいうと、社長は、ためらいを見せて、

「大河内さんには、誰にもこの家のことはいうな、誰も、案内してくるなと、いわれているんですが」

「われわれは、大河内学さんがある事件に関係があるのでは、という疑いを持っています。どうして京都から、東京に出てきたのか、そうした疑問があるので、その青梅の家を見たいのです」

十津川がいうと、不動産屋の社長は、すぐ、自家用車で青梅の家に向かってくれた。

青梅の駅から、車で十五、六分の高台にある、別荘風の建物だった。周りに家は見当たらない。大河内学が欲《ほ》しかった物件は、こうした家なのだろう。静かな場所である。さほど大きくもない二階家だが、塀《へい》だけは、高かった。その塀に遮《さえぎ》られて、家の中の様子は、外からはわからない。

同行した不動産屋の社長が、門に付いているベルを押したが、応答はない。

「お留守のようですよ」

「今日はたしか、九月八日でしたね?」

確認するように、十津川がきいた。

「そうですよ。明日は、九月九日です」

「それなら、大河内さんは、留守かもしれませんね」

と、十津川は、自分にいいきかせてから、

「あなたはちょっと離れていてください」

と、社長に、いった。

「どうするんです?」

「裁判所の令状はありませんが、私は警視庁捜査一課の人間として、緊急事態なので勝手にこの家を捜査することにします。あなたは私と一緒に行動すると、法律に、触れるから、暫《しばら》く離れていてほしいのです」

十津川は、不動産屋の社長が離れたのを確認してから門を入り、玄関に向かった。もちろん、玄関の鍵《かぎ》は、閉まっている。十津川は、勝手口に回り、裏のドアを壊《こわ》して、家の中に入っていった。

家の中は、暗くなっている。十津川は、スイッチを入れて、明かりを、点《つ》けた。一階には、何もなかった。ホッとしながら二階に、上がって行った。ところが階段が終わったところに、頑丈《がんじょう》な扉が付いていて、鍵がかかっていた。

（二階に何かある）

十津川は万一に備《そな》えて、携帯してきた拳銃を取り出し、鍵のかかっているドアに向かって、一発撃《う》った。周囲が静かなので撃った当人の十津川がハッとするような、大きな爆発音になった。重い扉を、開けた。途端に、嫌な匂《にお》いがした。何かの薬品の匂いである。

建物自体は和風なのに、二階はなぜか、すべての部屋が、洋風になっていた。それも、壁も天井も床も補強されているのだ。

二階には部屋が三室。いずれも、和室だったのを、洋室に変えてあった。

最初の部屋に入り、次の部屋に行く、ドアを開けた途端、十津川は、立ちすくんだ。目の前の巨大な鏡に、自分が、映っていたからである。苦笑しながらその鏡に、近付くと、それはドアにもなっていた。

力を込めて、鏡のドアを開けた。

とたんに、今度こそ十津川は、眩暈《めまい》を感じた。それに強烈な薬品の匂い。目の前にあるのは巨大な水槽だった。いや薬品の海だ。

その海に、若い女の裸の身体《からだ》が、浮かんでいるのだ。顔と、手と、胴体。しかし、足がなかった。

六月十日に、境港で誘拐された「ミス猫娘」永田香織の顔だ。

なぜ、足だけないのか？

十津川は、今村警部の話を、思い出した。アメリカで起きた事件だった。

『溺愛していた一人娘を、殺された男が、娘と同じ年代の女性たちを殺し、それぞれの身体の部分を使って、死んだ娘の人形を作ろうとした』

と、今村はいった。

ただ、今村は、今回の一連の事件は、そんな猟奇的なものではない、ともいっていた。

今村の指摘は、半分は、正しかった。だが半分は、間違っていた。

十津川の目の前には、足だけを切断された、裸の女の身体が、薬品の海に漂《ただよ》っているのだ。

大河内学は、自殺した娘に似ている部分は残し、似ていない足は、切り取った？

だとしたら、人形は、まだ未完成なのだ。

この幽鬼のような男は、菊乃に似た足を持つ十八歳の娘を探して、境港を目指しているに違いない。足が手に入れば、目の前に浮かんでいる死体につないで、完全な「菊乃」像を、完成させるのか？

それ以外に、考えようがなかった。

十津川は、無残な死体と、しばらく向き合っていた。

瞼《まぶた》に焼き付けねばならないという、義務感からだった。警察官として、生きて助け出してやることができなかった、慙愧《ざんき》の思いでもあった。

やがて、十津川は鏡の扉を閉めた。そのあと小さな溜息《ためいき》をついた。

一階に降り、すでに境港に行っている亀井刑事に電話をかけた。

「そっちの状況は、どうだ？」

と、きく。

「県警にも協力してもらって、明後日十日には、警備を強化します。ところで、犯人ですが、大河内学ですか？」

「今、東京、青梅の大河内学の家にいる。間違いなく、彼が犯人だ。見つけ次第、逮捕してくれ」

十津川は、指示を出してから、次に、東京の捜査本部に電話をし、三上本部長に、大河内学の家の中の様子を説明し、すぐ刑事を寄越《よこ》すように頼んだ。

「私は、これから、境港に急行し、五人目の犠牲者が出ないうちに、大河内学を逮捕したいと思います」

しかし、十津川は、すぐ、境港に向かうわけにはいかなかった。

恐ろしいものを見てしまったために、新しく問題が二つ生まれてしまったからである。

その二つの疑問に対して答えを見つけてから境港に行き、大河内学と対決したかったのである。

第一の疑問は、薬品につけられていた死体である。

溺愛していた娘、菊乃の遺体を永久に残したいと思ってだろうが、それなら、娘の遺体そのものを残せばいいのではないか？　なぜ、娘の身体に似た女性を誘拐したり、殺したりしたのか？

第二は、菊乃が自殺した理由である。

世界を代表する十八歳の乙女を決めるコンテストだったという。菊乃は、有力候補だったのに、突然、自殺してしまったのである。そのことも、父親の大河内学の犯行の理由になっているはずである。

十津川は、このコンテストを主催した団体のある東京八重洲《やえす》のビルに向かった。

3

二十五階建てのビルの三階だった。

すでに、来年のコンテストのパンフレットが出来あがっていた。

十津川が会ったのは、この会の広報係で秋本《あきもと》という五十三歳の男である。

「殺人事件が絡《から》んでいるので、正直に答えていただきたい」

と、まず、断ってから、十津川は、質問した。

「去年の一月十日に、候補の一人、大河内菊乃さんが、突然、自殺してしまいましたね。自殺の理由は、わかりますか？」

　十津川は、わからなくて困っているのだろうと思いながらその質問をしたが、

「わかりますよ」

　と、あっさりいわれて、十津川のほうが、面くらった。

「そのことは、父親の大河内学さんにも、話しましたか？」

「いや、話していません」

　という言葉に、十津川は、また、面くらった。

「父親に教えなかったんですか？」

「はい」

「どうしてです？　きかれたでしょう？」

「はい。でも、あんなに落胆されている父親に、本当の理由は、とても告《つ》げられなくて、わからないと申しあげました」

「私には、教えてください。自殺の理由は、何ですか？」

「妊娠です」

「え？」

「世界を代表する乙女がコンテストの売り物ですからね。妊娠していては、困るんで

す。それで最終選考に残った女性たちには、了解の上、検診をしてもらいました。そうしたら、大河内菊乃さん一人が妊娠しているのがわかったのです。初期の段階なので、体型からはまったくわからないし、ご本人も、妊娠には、気づいておられなかったようです」

「それで自殺したんですか？」

「他に考えようがありません。遺書はありませんでしたが」

「どんな状態で死んでいたんですか？　覚悟の自殺で、不審なところは、なかったと聞いているんですが」

「本当のことをいわなければ、いけませんか？」

「ええ、事実を、話してください」

「灯油を全身に浴びての焼身自殺です。ホテルから外出し、近くのガソリンスタンドで灯油を買ってきたようです。一月ですから、灯油を買っても、誰も不思議に思わなかったんですよ」

「その灯油を、全身に浴びたんですね？」

「現場は悲惨なものでした。発見が早く、消火はできましたが、全身にやけどを負った大河内菊乃さんは、亡くなりました。われわれとしては、マスコミを抑《おさ》えるのが大変でした」

「焼身自殺という発表はなかったようですね？」

「あやまって火を出した、失火ということで、何とかおさめました」

「父親には、自殺と話したんですね？」

「そうです。今も申し上げたように、妊娠のことは、話しませんでした」

「娘の遺体を見た時、父親は、何といいました？」

「これは、娘じゃない！――と。わかりますよ。十八歳の美しい娘さんが、全身にやけどをつくって死んでいたんですから」

「これは、娘じゃないと、いったんですね？」

「そうです。もちろん、変わり果てていても、娘さんがわからないはずはないと思いますが、娘さんと認めたくなかったんでしょうね」

「大河内学さんと会ったのは、その時だけですか？」

十津川が、きいた。

「そうです。そのあと、連絡しようとしたんですが、電話もかからないし、手紙も戻ってきてしまいましたから」

「京都の大河内さんの家を訪ねたことは、ありましたか？」

「二月に、コンテストの写真集が出来ました。コンテストの模様や、参加した乙女たちの様子を撮ったものです。菊乃さんも、笑顔で参加していますので、この写真集を見て、少しでも、気持ちがやすらげばと思いましてね。私が、京都にお持ちしたんです」

秋本は、その写真集を、十津川に見せてくれた。

豪華本である。

見覚えのある写真だった。というより、十津川も持っている、京都府警が用意してくれた写真と、同じものだった。舞台上に、二十人の女性が、居並んでいた。大判の豪華本で、大きく引き伸ばしてあり、一人一人の顔の表情も、はっきり見てとれた。

「京都には、もう大河内さんは、いなかったでしょう?」

「そうなんです。引っ越されたあとでした。その時、大河内家というのは、京都でも名家で、そのご子孫だということも、知りました。それをきいて、やはり、自殺の理由を話さなくてよかったと思いましたね。下手《へた》をすると、お父さんまで、自殺したかもしれませんからね」

秋本が、いった。

(娘の自殺の真相をきかされて、はたして大河内学は、自らも、死を選んだだろうか？）

十津川の脳裏《のうり》に、おぞましい光景が、浮かんでいた。

（大河内学が、自殺するはずはない！　その逆だ！）

口には出さず、心の中で、叫んでいた。

「皆さん、美しくて、スタイルが良くて、選ぶのが大変でした」

秋本が、黙ったまま、写真集を見ている十津川に、声をかけてきた。

「落ちた人たちは、自分に自信があるから、口惜《くや》しがるでしょうね？　なぜ、うちの娘が落ちたんだと、文句をいってくる家族もいるんじゃありませんか？」

十津川が、きくと、秋本は、やっと笑顔になって、

「今は、そんなことはありませんよ。応募した娘さんは、それぞれ、自信を持っているし、いろいろなコンテストが、ありますからね。そうだ。ミス猫娘コンテストというのも、あったじゃありませんか。うちのコンテストに落ちた娘さんも、そのミス猫娘コンテストに何人か、応募しているはずですよ。うちの応募者の中に、『君は猫みたいだ。シャム猫だ』と、ボーイフレンドにいわれている娘さんもいましたから」

と、十津川が、きいた。

「この写真集は、簡単に手に入るんですか？」

「一応、大きな書店には置いてあります。うちが主催するコンテストの宣伝にもなりますから」

「それなら、私も一冊欲しいのですが」

と、十津川は、いった。

無料で進呈するというのを断り、十津川は、定価の三千六百円を払って、一冊手に入れて、いよいよ、境港に行くことにした。

4

新幹線——山陰本線——境線と乗りついで境港に着いたのは、翌日の夜に入ってからだった。

駅には、亀井刑事と、鳥取県警の今村警部が迎えに来ていた。

十津川から、二人に知らせることもあって、まっすぐ、ホテルに入った。

ロビーで、まず、青梅市の大河内の家で撮ってきた何枚もの写真を二人に見せた。

巨大な水槽に浮かぶ女の死体には、二人とも、一瞬、声を失ったようだった。

間《ま》を置いてから、亀井が、いった。

「普通なら、亡くなった娘の写真で我慢するんでしょうが、大河内学は、どうして、娘の全体像を作ろうと考えたんですかね？」

「それだけ、一人娘の菊乃を溺愛していたということだろう」

十津川が、答える。

「しかし、写真と、実体のモデルというのは、差が大きすぎますよ」

「大河内学を逮捕したら、君の疑問を、ぶつけてみよう」

「まさか、アメリカのような猟奇殺人が、この日本でも起こっていたなんて、とても信じられません」

今村は、手にした写真から、目が離せずにいた。

「この異常さは、彼の生《お》い立《た》ちから、きたものでしょうか？」

「父親は京都で、日本旅館の経営で成功し、市会議員をつとめていたともいわれています。大河内学は、父親の跡を継いで、日本旅館をやっていたが、失敗して、潰《つぶ》してしまった。ただ、腐っても京都の名家の生まれだから、父と同じ市会議員にはなっているが、これは、父親の七光りだという噂《うわさ》です。

それでも気位《きぐらい》は高く、葵祭《あおいまつり》で、自分の娘を斎王代《さいおうだい》にしようとして失敗しています。斎王代というのは、皇族の女性で、十二単《ひとえ》を着て、牛車《ぎっしゃ》に乗るので、京都の年頃の女性にとっては、名誉なことで、誇りでもあります。だから、大河内学も、娘の菊乃を斎王代にしようとしたんでしょうが、うまくいかず、その時には、大変な勢いで、祭りを主催する下鴨《しもがも》神社に怒鳴《どな》り込んだといわれています」

十津川が答えた。

「奥さんは、いないんですか？」

と、今村が、きく。

「早く亡くなっています。それで、なおさら一人娘の菊乃を溺愛してきたんだと思います」

十津川は、東京で行われた『世界の乙女コンテスト』の写真集も、二人に見せた。

「この中に、例の大河内菊乃の写真がありますよ」

「この写真集は、見るのが、ちょっと怖いですね」

今村が、いう。

「今村さんも、そう思いますか？　実は、私も、同じ気分になりました」

十津川は頷《うなず》いた。

「私にも見せてください。同じ気分になるかどうか、知りたいので」

亀井は、写真集を手に取って、ページをめくっていたが、

「なるほど」

と、頷いた。

「考えてみれば、この写真集に載っている女性は、全員十八歳の乙女なんですね」

「それに、コンテストに応募していて、第一次の書類審査には通っているんだ。つまり、美しい女性たちだということだよ」

「今回の子猫コレクターにとっては、垂涎《すいぜん》の一冊であり、標的の女性が載っているということですね」

「そうだよ。私たちは途中から、この事件にタッチしたが、その時には、すでに二人の犠牲者が出ていた。犯人が、どこで被害者二人を見つけたかもわからなかったが、大河内学は、写真集を手に入れていた可能性があることを考えると、この写真の中から選んだかもしれないんだ。とにかく、二十人の、十八歳の娘が載っているんだからね」

「こちらにも、似たような写真集がありますよ」

と、今村が自分の持っているもう一冊の写真集を、持ち出した。

『ミス猫娘コンテスト写真集』というタイトルになっている。

先日のミス猫娘コンテストを扱った写真集である。

ミス猫娘に当選した永田香織の写真は載っていない。誘拐されたことを考慮したのだろう。

それでも、ミス猫娘コンテストに応募した若い女性たちの写真が載っていたり、名前も出ている。

「たしかに、コレクターから見れば嬉《うれ》しくなる写真集ですね」

と、十津川も、いった。

「今回の犯人にとって、嬉しいのは、スタイルはほとんど同じでも、顔立ちは、一人一人、違っていることでしょうね。可愛い顔もいれば、大人っぽい顔もいますから」

今村がいう。

「しかし、この写真集に載っている十九人の女性が、明日十日に、ここ境港に集まるわけじゃないでしょう？」

十津川がきいた。

「それが集まるかもしれないんです」

今村が、ニッコリしてみせた。

「どうしてですか？」

「ミス猫娘コンテストには、事件が起きてしまいましたが、観光客が集まり、応募者も多く、この行事を考えたグループも、市も成功だと思っているんです。そこで、写真集を作って、掲載した女性たちに送り、明日、境港に集まってくれるよう招待したんです」

「この写真集は、一般の書店でも売っているんですか？」

「残念ながら、数に限りがあるので、書店では、入手できません。しかし境線の米子と境港の二つの駅、それから、東京駅では売っています。ああ、国立国会図書館には、二冊送ってあります」

「すると、大河内学が、手に入れるチャンスはあるわけですね？」

「その可能性はあります」

今村が、いった。

十津川は、二冊の写真集を、テーブルの上に並べた。

両方の写真集には、合計三十九名の若い女性が、写っている。

明日、十九人は、この境港の町に集まる可能性がある。大河内学は、その十九人の中から、獲物を選ぶだろうか？

漠然と、この町を歩く若い女性から選ぶより、簡単だろう。

（問題は、世界の乙女コンテストのほうだな）

と、十津川は、思った。

写真審査で選ばれた二十人である。

（いや、その中の一人だった大河内菊乃は、自殺してしまったのだから、こちらも、十九人なのだ）

と、思い返した。

ここで、三人の話し合いは終わり、各自の部屋に入り、明日に備えて、眠っておこうということになった。

その時、今村の携帯が鳴った。

電話に出た今村が、立ち上がった十津川たちに向かって送話口を押さえ、

「ちょっと、待ってください」

と、いった。

そのまま、電話をしていたが、携帯をポケットにおさめて、

「少し様子が違ってきました」

と、いう。

「どういう意味ですか？」

十津川がきく。

「市内のホテルに怪しい泊まり客があったらすぐ、連絡してくれるように頼んでおいたのです」

「怪しい人間が、泊まりに来たんですか？」

「いえ。チェックインしたのは、若い女性です。名前は、白井樹里《しらいじゅり》、十八歳。千葉県君津《きみつ》市出身。去年の正月に、世界の乙女コンテストというのがあって、それに応募したんだそうです。その主催者から突然、案内状が送られてきて、『九月十日に境港に招待する。来ていただければ、一人百万円を進呈するので、十日の午後十時に、市内のS広場に来てください』とあり、新幹線と山陰本線、境線の切符が送られてきたというのです。それも、グリーン車だったので、百万円ももらえるだろうと思って、一日前に来たそうです」

「今のところ、その一人ですか？」

「そうらしいです。さっき十津川さんがいわれた、十九人の一人だろうと思いますね。他の十八人にも、同じ招待状を出しているとすると、明日十日に来るのかもしれません」

「犯人は、境港に来て、十八歳の娘を探すのではなく、獲物を呼び寄せるつもりのようですね」

亀井は、そこまでいうと、腑《ふ》に落ちない表情をした。

「ちょっと待ってください。今村さんは、先ほど、ホテルにチェックインした女性は、十八歳といわれましたね？　世界の乙女コンテストは、去年の一月のことです。だったらその女性は、コンテストに参加した時は、十七歳だったことになりませんか？」

「カメさんの、いうとおりだ。犯人が十八歳にこだわっているなら、世界の乙女コンテストには、十七歳で応募していなければならない。今年六月の、ミス猫娘コンテストで、最終選考に残った二十人は、全員、十八歳だった。当時、十七歳だった女性だけが、犯人からの招待状を、受け取っているはずだ」

その分、警護する女性の人数が、絞り込めると、十津川は思った。

「犯人は、大河内学だと、ばれていることに気がついているでしょうか？」

今村が、二人にきいた。

「京都では、私が来たことは、内緒にしておくように、固く、いってきましたが、その相手が大河内学の知人なんです。大河内が、前もって、その女性に、大金を渡して、警察が来たらすぐ、連絡するように頼んでいたとすれば、今頃はすでに、大河内学にすべて伝わっているかもしれません」

十津川が答える。

「今の件を早速調べてみます。市内のホテル、旅館にきけば、今日、チェックインした若い女性がいるかどうか、また、なぜ、この境港に来たのかも、わかってくると思いますから」

「われわれも、協力しますよ」

と、十津川が、いった。

5

結局三人で自分の携帯を使い、市内のホテル、旅館にかけまくった。

最初に、ホテルのファックスで大河内学の顔写真を送って、この男が、チェックインしていないかを、きいた。

また、明日十日の予約をしていないかもきく。しかし、ホテル、旅館で、大河内学と思われる人間が予約をしているところは、一カ所もなかった。

しかし、ミス猫娘コンテストに応募した十九人の中の二人が、明日の予約をしているホテルが見つかった。

った。

世界の乙女コンテストの十九人でも、市内の旅館に予約している二人の名前がわかった。

どちらも、それぞれのコンテストの主催者の名前で、列車の切符が送りつけられ、ホテルや旅館の宿泊代金は、同じくそれぞれの主催者の名前で、支払われているという。

世界の乙女コンテストの主催者に問い合わせると、自分たちの名前で、応募者を、境港に招待したことはないという返事が戻ってきた。

「これで、はっきりしましたね」

と、今村が、いった。

「私も、はっきりしたと思います。犯人の大河内学は、この境港の中で、十八歳の獲物を探すのではなく、二つのコンテストの応募者の中から選ぶつもりですよ」

十津川も、自信を持って、いった。

彼も、亀井も、いつの間にか、眠気がさめてしまった。

明日十日の捜査は、起きてから考えようと思っていたのだが、今、考えようという気分になってしまったのである。

今村警部も、この町で生まれ育った三田《みた》という刑事を呼びつけて、四人で、明日の作戦を練ることになった。

三田刑事が持参した大きなこの町の地図を広げた。

明日のホテルや旅館の予約者が、まだ五人しかいないことについて、三田は、簡単に、自分の考えをいった。

「明日の午前八時に、豪華客船『飛鳥Ⅱ』が境港《さかいこう》に入るんです。この船の会社に電話したところ、十月一日から世界に向けて出発する、その前なので、どうしても、空《あ》きがあるというんです。どのくらいかと聞いたら、旅客定員が八百七十二人で、船員《クルー》も五百人弱ということなのだが、明日の場合は、お客が七百人だというのです。つまり、約百人分の余力があり、それだけの客室が空いているんです。ですから、三十八人ぐらいの団体でも、簡単に引き受けられるんです。明日の午前八時に接岸して、午後四時には出港ですから、ホテルや旅館に泊まる必要はないんです」

「午前八時から午後四時か。八時間あるね」

十津川が、いう。

「町で、誘拐して、船に戻り、客室に監禁することもできますよ」

今村が、いうと、

「犯人が、船に乗っているとも考えられますよ」

と、亀井も、いった。

「接岸しても、船から下りる必要はないんです。船に、何人かの娘を乗せ、犯人も、別の客室に乗っていて、娘の一人を自分の部屋に、監禁することもできます。客船の中の客室は、自分の城みたいなものだそうですから」

三田が、いった。

第七章　上りサービスエリアで終決

1

九月十日。もちろん十津川は境港にいた。境港警察署である。そこには、今回の事件で知り合いになった、今村警部や三田刑事、そして十津川の部下たちが集まっていた。

「まだ、大河内学は見つかりませんか?」

十津川が、今村にきいた。

見つかれば、今回の事件は、終わるのだ。

「残念ながら、まだ見つかっていません。現在、二十人の刑事で市内を調べているんですが。刑事たちには、そちらから送られた、大河内学の顔写真を持たせているんですが」

大河内は、獲物を求めて、今、境港のどこを歩いているのだろうか？

「大河内学のことをテレビで放送したらどうでしょうか？」

三田刑事が十津川と亀井に向かって、いった。

「すでに、彼が犯人だとわかっているんですから、彼の顔写真を放映しても問題にはならないと思いますが」

「それは、手っ取り早いかもしれませんが、大河内が追いつめられた気分になり、死に物狂いで、若い女性に刃物で切り付けたりするかもしれません。その恐れがあると思います」

亀井刑事がいった。

「たしかにその恐れは、ありますね」

今村警部も、いう。

たしかに、その恐れがあった。大河内はあれだけのことをしたのだから、自分が死刑になることはわかっているだろう。それだけでも、凶暴になる恐れはあるから、テレビで顔写真が映ったら、何をしでかすかわからない。

午前九時、突然、捜査本部に、電話がかかった。電話の主は米子から境港まで走る境線を管轄するＪＲ西日本の職員だった。

「ただ今、今回の事件の犯人と自称する男から、電話が入りました。境線の列車のどれかに、爆薬を仕掛けたというのです」

と、職員がいった。その声が少し、震えていた。

「犯人は名前を、名乗ったんですか？」

今村警部がきく。

「子猫のコレクターだと名乗りました」

「他に何かいっていましたか？」

「『私は子猫のコレクターだが、境線のどれかに、爆薬を仕掛けた。したがって、しばらくの間、列車を停《と》めろ』そう命令されました。これは、信じていいんでしょうか？」

と職員が聞いた。

「すぐ、そちらに、刑事をやります。それまで列車を動かさないようにお願いします。現在の位置で停車させてください。全部の車両です」

今村がいい、三田刑事たち二人が、捜査本部を飛び出していった。

九時十分。

今度は、境港《さかいこう》の管理事務所から電話が入った。

「ただ今、子猫のコレクターと名乗る男から、電話が入りました。『港に停泊している船は、すべて、しばらくの間、出港させるな。出港させれば、仕掛けた爆弾を、爆発させる』というのです。この脅迫電話を、信じたほうがいいですか？　それとも無視したほうがいいですか？」

「今日、『飛鳥Ⅱ』が、境港に入港する予定ですね。この船は、どうしていますか？　もう入港しましたか？」

「八時半に、入港しています。『飛鳥Ⅱ』が危ないんですか？」

「その電話は、本物の可能性がありますから、しばらく、すべての船の出入りを見合わせてください」

と、今村警部が、いって電話を切った。

九時二十分。

今度は、米子空港からの電話だった。

「今、子猫のコレクターと名乗る男から、電話が入りました。『今から出発する飛行機を、すべて止めろ。さもないと、仕掛けた爆弾を爆発させる。これは、冗談ではない。乗客を殺したくなければすべて待機させろ』、そういって、電話を切ったんですが、これは本物ですか？」

と、きく。

「一応本物だと考えて、しばらく、飛行機の出発を見合わせてください」

同じ返事を、今村が繰り返した。

十分後にまた、捜査本部の電話が、鳴った。

「今度はどこなんだ」

と、いいながら、今村が受話器を取った。

「こちらは、米子インターチェンジの事務所ですが、九時三十分に子猫のコレクターと名乗る男から電話がありました。『インターチェンジから高速に入る自動車は、すべて止めろ。さもないと、インターチェンジに、爆弾を放り込むぞ』といったんです。私はいたずらだと思うんですが、本物でしょうか？」

と、相手がいった。

「一応、本物だと考えて、しばらくインターチェンジから町を出て行く自動車は、止めてください」

今村は、電話を切るとそれぞれに部下の刑事を向かわせた。

そのあと、十津川に向かって、

「これは、一体何なんですかね。犯人は何を企《たくら》んでいるんですかね?」

「相手は、子猫のコレクターと名乗ってるんですね?」

と、十津川がきく。

「そうらしいです。電話は、すべて、男の声で、子猫のコレクターだと名乗っているそうです」

「こんな時に、そんな電話をかけてくるとしたら、十中八九、大河内学に、違いないと思いますね」

十津川がいった。

「しかし、どうしてこんな電話をかけてきたんですかね? すべて、この境港から、出すなという電話ですよ。客船の『飛鳥Ⅱ』は、港から出港させるなと、いっているようですし、空港にもしばらくの間、飛行機を、飛ばすなといっています。その他、境線や高速のインターチェンジにも、列車を止めろとか、この町から出る車を止めろとかいっているようです」

「ちょっとおかしいな」

と、十津川が呟《つぶや》いてから、

「現在犯人がこの境港の町に来ているとすれば、自分で逃げだす道を、塞《ふさ》いでいるようなものですよ。船は出すな、飛行機は飛ばすな、車は出すな、列車も止めろ。全部命令どおりにしたら、犯人自身も、この境港の町から出られなくなります。なぜ、そんな命令を出しているんですかね？」

今村にきいた。

「今の電話を考えてみると、境港の町から出るすべての交通手段を、脅《おど》して止めようとしているように見えます。十津川さんがいうように、少しおかしいですね。自分も逃げられなくなりますからね」

「そうじゃなくて、この境港の町を、とにかく混乱させようとしているのかもしれませんよ。今村さんがいわれたように、すべての交通機関を止めて、この町を、混乱させる。こうすれば、警察の人員が分散される。そうしておいてから、犯人はゆっくりと、若い好みの娘を探せるんじゃありませんかね。今のままだと警察の警戒態勢が厳《きび》しいのでそれを、崩そうとしているのかもしれません」

十津川がいった。

「しかし、気に入った獲物を見つけたあとで、逃げ出すのに困るんじゃありませんか。海路も、空路も鉄道も、道路も、すべて警察が塞いでしまっていますからね」

と、今村がいった。他の刑事たちが出払っているので、自然に、十津川と今村の意見交換の場になってしまった。

「気に入った獲物が見つかった後、犯人はどうするつもりなんでしょうか」

十津川がいうと、今村は、

「その時には、たぶん、この四つのどこかで、実際に爆弾を爆発させるつもりなんじゃないですか。例《たと》えば港で爆発が起これば、警察が港のほうに結集しますよね。そちらに犯人がいると、思わせておいて、残りの三つのルート、空路、道路、鉄道、そのどれかを使って手に入れた獲物と逃げるつもりじゃありませんかね。その前提として、すべてのルートに、爆弾を仕掛けたと脅かしておく。そうしておいて、一カ所だけ爆弾を爆発させれば、警察が全員そちらに気を取られてしまう。その間に他の手段を使って、境港の町から逃げるつもりじゃないかと、思いますね」

といった。

「たしかに、あなたのいうとおりかもしれません」

と、十津川は賛成した。犯人にしてみれば、この境港の町に、入るよりも出るほうが難しい。獲物を連れて逃げるのは難しいだろう。そこで、警察の注意を一カ所に向けさせる。それが成功すれば、後は逃げるのは、簡単だろう。顔写真があったとしても、変装をすれば、気づかれずに逃げることも可能かもしれない。

県警の三田刑事と、警視庁の日下《くさか》刑事の二人が戻ってきた。二人が持って来たのは、問題の電話を録音したテープだった。そのテープを、十津川もきいた。

二回きいてから、十津川がいった。

「間違いありませんね。これは、犯人の声です」

大河内学も、追及の手が、身辺に迫っていることを、感じ取っているのか、もはや、言葉の訛《なま》りを、隠そうともしていなかった。十津川にもはっきりとわかる、京都訛りだった。もし、大河内学が、開き直ったのだとしたら、どんな行動に出るか、それが心配された。

「警察を混乱させる以外に、何か目的はあるのでしょうか？」

今村が疑問を口にした。

「ひょっとすると、今回、大河内学が誘拐しようとしている子猫は、前々から、この境港の町にいて、それを彼は知っているんじゃありませんか。だからまず、すべての出口を封鎖させて、その子猫を、この境港の町から出られないようにした。そのあと、その子猫を誘拐したところで今度は四つのルートの中から、一つか二つを開けさせて、そこから、逃げる。そう考えているのかもしれません」

十津川は、いった。

「と、いうことは、大河内は、しばしば、この境港の町にやってきて、自分の気に入った子猫を探していたということになるんですか？」

三田刑事が、いう。

「それはないよ」

と、上司の今村が、いった。

「もし、気に入った子猫を見つけていれば、その時に誘拐してしまったはずだ。わざわざ、九月十日に、子猫を探しに行くと公言するはずがない。また、今日、見つけたというのなら、すべてのルートを閉じてしまうようなバカなことをするはずがない」

「同感です」

十津川がいった。

「それに、私には、大河内が、この境港の町にこだわる理由が、わからないのです。有名マンガのキャラクターを利用したコンテストはありましたが、優勝したのは、東京からやってきた女性でした。大河内は、その女性を誘拐し、殺してしまいましたが、境港の女性でないことは、知っていたはずです。ですから、次には、鎌倉の女性を狙《ねら》っています。今回、境港を狙った理由がわからないのです」

「大河内が、境港の出身だということはありませんか？」

と、今村がきく。

「いや、大河内は、京都生まれの京都育ちです」

「大河内学が、特に、境港に執着する理由は、なんでしょうか？　まさか、水木しげるのファンだ、なんてことはないでしょうね？」

「東京の青梅にある、彼の隠れ家《かくが》には、マンガ本は、一冊もありませんでしたよ」

十津川が、苦笑しながら、答えた。

「しかし、今日、境港へ行くと、わざわざ、宣言したわけでしょう。嘘《うそ》をついて、われわれ警察の注意を、この町に集めたということはありませんか？」

と、いう県警の刑事もいたが、十津川は、

「今まで、大河内は、嘘をついたことはありません。警察に対して、常に、挑戦的な態度を取り続けています。その挑戦の中には、われわれに勝とうとしているようです。予定を前もって告げておいて、われわれに勝とうとしています」

「すると、やはり、大河内は、今、この町に来ていることはあり得ますね」

と、今村がいった。

「そうです。この町に来れば自分の欲《ほ》しい子猫がいると、知っていたのではないかと、思わざるを得ないのです。やみくもに、この町に来て、それから、自分の欲しい娘を探すとは思えないのです。だとすると、なぜ、大河内がそんな確信を持っているのか、それが、わからないのです。私でもこの町のどこに、大河内の欲しい娘がいるのか、わかりませんから」

と、十津川は、いった。

「この町の人間でも、わかりませんよ」

と、今村が、いった。

「今、十津川さんは、犯人の大河内は、しばしば、この境港を訪ねていたとは思えないといわれましたね？」

三田刑事が、きく。

「この町の人口は、五万人くらいでしたか？」

十津川が、逆に、質問した。

「いや、今年六月時点の推計では、三万四千人弱といわれています」

今村が、答える。

「若い女性、特に、十八歳から二十歳の女性が多いなんていうことは、ありませんよね？」

「他の町と同じで、ここも、若者、若い女性は、少しですよ」

「それでも、大河内は、この町に狙いをつけたんです。自分の欲しい獲物が、ここにいると確信していたとしか、思えません。といって、さっきもいいましたが、彼がしばしば、この町に来ている様子もない」

十津川の言葉で、なくなってしまった。

その沈黙を打ち破るように、答える声が、今村が、いった。

「十津川さんは、大河内学の隠れ家で、異様な光景を、ごらんになった」

「ええ、背筋に悪寒《おかん》が走りました」

「十津川さんが撮られた、何枚かの写真を、拝見しましたが、写真と、現場から迫ってくるものは、別物でしょうね」

「暗い部屋に、淡い照明が、灯《とも》されていました。薬品の匂《にお》いが強烈でした。その匂いが、今も鼻の奥に、残っています。変ないい方になりますが、等身大の、裸の若い女性が、水槽の中に、浮かんでいました。目は、半分、見開かれて、生気はなかった。長い髪が、顔の周りに広がっていました。職務上、いやというほど、死体とは対面してきましたが、あれは特別でした」

「そして、足がなかった」

「付け根のあたりで、たぶん鋭利な刃物を使ったのでしょう、きれいに切断されていました」

「大河内学が、自殺した愛娘《まなむすめ》の生き人形を作ろうとしている、と、十津川さんは思われた。もしそうなら、そろっていないのは、足だけ、ということになります」

「永田香織の、顔や胴体、手は、娘の菊乃に似ていたのでしょう。けれど足は違っていて、大河内学は、気に入らなかったのだと思います」

十津川の話にきき入る刑事たちは、全員が黙り込んでしまった。

「とすると、子猫を探しに来たというより、残りの足を探しに来たといったほうが、正しいかもしれませんね？」

今村が、気を取り直したように、いった。

「そういえるかもしれませんが――」

「それで、すべてがわかりました」

ふいに、今村警部が、ニッコリした。

「すべてというと、どんなことですか？」

わけがわからなくて、十津川が、きき直した。

「ちょっと、待っていてください」

と、今村は、いい、部屋から出て行ったがすぐ、一枚の写真を持って戻ってきた。

「この写真を見てください」

と、いう。

十津川は、写真を受け取った。若い女性のビキニ姿の写真だった。

彼女は、頭に冠《かんむり》をのせて、ニッコリ笑っていた。

「何かのコンテストですか？」

と、十津川が、きいた。

「『若い女性』という雑誌社のやった『美しい足の女王コンテスト』の優勝者です。名前は野島《のじま》さら。十八歳、いや、一週間前に、十九歳になっています」

「今、すべてわかりましたといわれましたね？　それと、この写真が、関係があるのですか？」

と、十津川が、きいた。

「先日、この境港で、ミス猫娘コンテストが行われ、優勝者が、犯人に誘拐されてしまいました」

「彼女は、殺されました」

「あの時、準ミス猫娘も、選出されているんですが、写真の野島さらさんは、その準ミスの一人です。この娘《こ》が準ミスになった理由は――」

「足の美しさです」

と、若い三田刑事が、いった。

「そうなんです。もし、犯人の大河内が、若い娘、特に、美しい足の娘を探しているとしたら、彼女は、ぴったりです」

今村が、いう。

「しかし、境港の女性ではないんでしょう？」

と、十津川が、いう。

「大阪の女性です。それが、あのミス猫娘コンテストのあと、この町が気に入って、大阪には帰らず、ここの住人になってしまったんです」

「彼女はこの町が気に入った、ただ、それだけの理由で、ここの住人になったんですか？」

十津川が、きく。今村は、三田刑事に向かっていった。

「若い君のほうが、詳しいことを知ってるんじゃないか？」

「私のきいた話では、ミス猫娘コンテストの世話係の吉川《よしかわ》君のことを気に入って、ここに残ったんだそうです。もちろん、この町も気に入ったんでしょうが」

「今も、その二人は、付き合っているのか？」

「付き合っているようです。それから、ミス猫娘コンテストの時は、大阪の娘として参加していますが、先日の女性誌の美脚コンテストでは、境港の娘として、出ています」

「それで、わかりました」

十津川も、微笑した。

「その女性誌は、どこにいても買えますから、大河内が、手に入れ、その写真を見た可能性は、高いですね。この想像が、当たっていれば、大河内が、境港にこだわる理由は、よくわかります。彼の狙いは、野島さらという女性に違いありません」

「その女性の住所は、わかりますか？」

亀井が、きく。

「たしか、境線の境港駅近くのマンションです」

と、三田刑事が、いう。

「すぐ行きましょう。大河内が、すでに行っているかもしれません」

十津川も、手早く、立ち上がっていた。

2

刑事たちは、捜査本部を飛び出すと、パトカーに飛び乗って、問題のマンションに向かった。

走るパトカーにも、連絡電話が、入ってくる。

「こちらは、境港の管理事務所ですが」

と、甲高《かんだか》い男の声が、いう。

「何かありましたか？」

今村が、きく。

「『飛鳥Ⅱ』が停泊しているR埠頭《ふとう》の事務所で、爆発がありました。人的被害はありませんが、『飛鳥Ⅱ』の船長は、このまま停泊しているのは危険なので、すぐ出港したいといってきています。本来の出港時刻は、午後四時ですが、出港を許可しても構いませんか？」

「『飛鳥Ⅱ』が、入港したのは、何時でしたか？」

「午前八時三十分です」

「現在、十二時ですが、今までに、新たに、『飛鳥Ⅱ』に乗り込んだ船客は、いますか？」

「一人もいません。電話で、出港するな。出港しようとすれば、船内に仕掛けた爆弾を爆発させるといわれたので、船客は誰も降ろさず、新たな船客も受け入れていません」

「それなら、出港して構いませんが、誰かが急に乗船を要求してきても、拒否してください」

今村が、指示した。

三台のパトカーは、問題のマンションに到着した。十階建ての真新しいマンションである。

「八〇五号室です！」

と、三田刑事が、怒鳴《どな》る。

十津川や、今村たちが、エレベーターで八階に急ぐ。

八階に着くと、廊下を駆ける。

管理人に、ドアを開けてもらい、刑事たちは部屋に飛び込んだ。

しかし、八〇五号室には、誰もいなかった。

部屋の中が、荒らされた様子はない。

「野島さらさんが、どこに行ったか、わかりませんか？」

今村が、管理人に、きいた。

「十二、三分前に、急に、外出されましたよ。ニコニコしていたから、誰かに、会いに行ったんじゃありませんか」

管理人が、いう。

「ミス猫娘コンテストで親しくなった吉川に、会いに行ったのですか？」

「それは違うと思います」

と、管理人が、いう。

「どうして、そんなことが、わかるんですか？」

「その吉川さんが、ついさっき来られたんです。野島さらさんを誘いに。だから、違うと、思います」

「じゃあ、誰に会いに出かけたんですか？」

「そこまでは、わかりませんが、何でも、昨日、バーキンのバッグが贈られてきたと、野島さらさんは、喜んでいましたから、その贈り主に、会いに行ったんじゃありませんか。バーキンのバッグを持っていましたから」

と、管理人が、いう。

刑事たちは、ベランダに置かれた屑箱《くずばこ》に走った。

問題のバッグが入っていたと思われる、ダンボールが、見つかった。

その宛先《あてさき》には、このマンションと、八〇五号室、野島さら様とあり、差出人のところには、

「電話でお約束した場所にて、十日の午後一時に、ベンツのリムジンで、お待ちしています。M・O」

と、あった。M・Oは、マナブ・オオコウチか。

「約束の場所というのがわからないね」

今村がいった。

「ベンツにもリムジンがあるんですか？」

三田が十津川にきく。

「国際会議でパリに行った時、乗りました。リアシートに、丸テーブルを置いて、それを四人の大人が囲んで話し合えるくらいの大きさでした。目立つから、見つけやすいと思います」

十津川が、いう。

「バーキンのバッグの色は、何色でした？」

三田刑事が、管理人にきく。

「たしか白でしたよ。野島さらさんは、白が好きなので、嬉《うれ》しいと喜んでいましたから」

「それなら、たぶん、ベンツの色も白だと思います。今回は、警察の警戒が厳しいので、犯人は、獲物のほうから近づいてくるように計画したのでしょう」

と、十津川が、いった。

3

直《ただ》ちに、一番近い、インターチェンジや、そこに近いサービスエリアに、連絡する一方、十津川や今村たちの乗ったパトカーは、インターチェンジに向かった。

犯人と思える大河内学が、ベンツのリムジンで、この境港に来ているとすれば、道路以外を脱出に使うとは思えなかったからである。

『飛鳥Ⅱ』が停泊している埠頭で、爆発があったのは、明らかに、陽動作戦だろう。

パトカーは、フルスピードで走っているのだが、こんな時は、いらいらするもの

だ。そのいらいらを抑えようとして、今村が、

「ベンツのリムジンは、かなり高いものでしょう？　大河内学は、よく、そんな金がありましたね？」

と、きいたりする。

「大河内学は、平安時代から伝わる、京都の旧家出身です。京都は空襲を受けていませんから、古くからの貴重な品々を、持っていました。それに、自宅を四億円で売却し、嵐山にあった別邸も、知人に譲り渡しています。軍資金に、事欠くことはありません」

そんな会話をしているところに、上りのサービスエリアから、電話が、入った。

白のベンツのリムジンを、押さえたという知らせだった。

とたんに、十津川も、今村も、小さく、溜息《ためいき》をつき、無意味な会話から、解放された。

「間違いなく、ベンツのリムジンですか？　色は白ですか？」

急に、今村の声が明るくなり、早くなる。

「ベンツのリムジンですよ。色も白。あんな恰好《かっこう》のいい自動車を見たのは、初めてです」

「運転していたのは、手配の男ですか？」

「そうです。写真の男です」

「女も一緒ですか？」

「リアシートに、若い女性が乗っていて、野島さらと名乗っています。運転していた男はいくら質問しても、名前をいいません」

「女は、男のことを、何といっているんですか？」

「それが、突然、サービスエリアで、警察に捕まったので、呆然《ぼうぜん》としています。落ち着いてから、ゆっくり話をきいたほうがいいと思っています」

「わかりました。間もなく、到着します」

十津川たちは、インターチェンジから、ハイウェイに入り、上りのサービスエリアに向かった。

十二分後に到着する。

サービスエリアの端《はし》に、分駐所があり、その前に、白のベンツのリムジンが、停まっていた。

「高速道路交通警察隊」の看板を見ながら、十津川たちは、派出所の中に入って行った。

入口近くに、パトカーの刑事が三人、そして、奥に、男と女がいた。

女は、写真で見た野島さらであり、男のほうは、間違いなく、大河内学だった。

「ここが、あなたの終点ですよ」

と、十津川が、声をかけた。

大河内が顔をあげて、十津川を見た。

「ベンツのリムジンは、私が買った車だ。その車に、若い女性を乗せて走ると、罪になるのかね？」

と、大河内が、いう。

十津川は、苦笑する。

「彼女を乗せて、どこへ行くつもりだったんですか？」

「京都だ。無理矢理、連れて行くわけじゃない。合意の上で、京都に来てもらうつもりなのだ。彼女にきいてみたまえ」

と、いう。

十津川は、野島さらに目を移して、

「何といって、誘われたんですか？」

と、きいた。

「最初に手紙を頂きました。私が、美しい足の女王コンテストに優勝したことに、おめでとうと、お祝いの言葉がまず書かれていました。次に、自分は、京都の人間だが、今回、さまざまな女王コンテストで、優勝した女性を集めて、女王の中の女王を決めるコンテストを開催することになった。あなたも、このコンテストに、ぜひ、参加してほしいと、書かれていました。そして、十日の午後一時、白のリムジンで迎えに行くと電話がありました。そのあと、女性の憧《あこが》れであるバーキンのバッグが送られて来たんです。参加者全員に、これを進呈すると中に入っていた手紙に書いてありました」

「それで、信じたわけですね？」

「ええ」

「あなたを騙《だま》しているんだとは、思わなかったんですか？　うまい話すぎるとは、思わなかったんですか？」

十津川が、きくと、野島さらは、眉《まゆ》を寄せて、

「私の両親は、お金持ちなんかじゃありません。私だって、貯金なんかありません。それに、生命保険だって、掛けていません。そんな私に、バーキンのバッグをくれたり、ベンツのリムジンで騙したって、何の得にもならないじゃありませんか？」

「あなたは、大阪から、境港のミス猫娘コンテストに出て、準ミスになっていますね？」

「ええ」

「そのあと、境港の町が気に入って、大阪から移って、住んでいる？」

「本当に、境港の町が、好きなんです」

「そのあと、美しい足のコンテストで、優勝した」

「ええ」

「これが、その時の写真ですね？」

と、十津川は、ビキニの水着で頭に冠をのせた野島さらの写真を、相手に見せた。

「ええ。私ですけど」

「この男、大河内学は、この写真のあなたを見て、あなたを京都に連れて行こうとしたんです」

「なぜですか？」

と、野島さらは、十津川を見て、大河内学に視線を移した。

「あなたの足が、欲しかったんですよ」

と、十津川は、いった。

それでも、野島さらは、眉をひそめたままだった。

「わけがわかりません」

と、いう。

十津川は、迷った。

大河内学の奇怪な犯罪を、いくら詳しく説明しても、野島さらは、理解できないのではないか。

そう思ったからだ。そこで、残酷だが、あの写真を見せることにした。

十津川は、黙って、内ポケットから、問題の写真を取り出し、野島さらの前に置いた。

彼女は、一瞬、目をそらした。

そのあと、もう一度、写真を見て、今度は、顔をゆがめ、咳込《せきこ》んだ。吐きそうになっているのだ。

「これは——何なんですか？」

と、野島さらが声をふるわせた。

「どうする？」

と、十津川は、大河内学に目をやった。

「あんたが、説明するか？」

と、きいた。

大河内は、押し黙っている。

「あなたが準ミスになったコンテストで、ミス猫娘になった女性が、失踪《しっそう》しているのをご存じですか？」

と、十津川が、野島さらにいった。

「知っています」

「彼女を誘拐したのが、この大河内学という男です」

「何のために、誘拐を？」

「わかりませんか？」

「まさか――」

「そのまさかです。あなたが見た写真の女性の身体《からだ》のうち上半身は、誘拐したミス猫娘です」

「うッー」

と、野島さらは、また咳込んだ。

十津川は、今村に頼んで、彼女を、外に停《と》めたパトカーに移してもらった。

4

十津川は、部屋に残った大河内学と、向き合った。

彼の訊問《じんもん》は、十津川と今村の二人でやることになった。

「君は、四人の若い女性を殺した。なぜ、そんなことをしたのか、君自身に説明してもらいたい」

まず、十津川が、いった。

「全部、話さなければいけないのか？」

妙に暗い目で、大河内は、十津川を、見た。

「もちろんだ。その前に、いっておくが、私は青梅で、君の家に、巨大な水漕があるのを見た。液体の中には、若い女の死体が浮かんでいた。それが、この写真だ」

と、野島さらに見せた写真を、大河内に渡した。

「それをよく見て、正直に話してくれ」

「わかった」

大河内は頷《うなず》いた。

「私は、京都の旧家に生まれた。先祖は、北面の武士だ。それにふさわしい生き方をしろといわれて育った。三十歳の時、二十七歳の小松川弥生《こまつがわやよい》と結婚し、長女を得て、菊乃と名付けた。その後、妻の弥生が病死したあとは、一人娘の菊乃は、私の宝だった。彼女の美しさは、私の誇りだった。だから、溺愛《できあい》した。彼女が十八歳の時、東京で、『世界の乙女コンテスト』があった。私は、菊乃に、応募をすすめた。彼女なら、絶対に優勝する。世界中の人たちに、美しい菊乃を自慢したかったのだ。私の予想どおり、菊乃は、最終予選に残った。あとは、優勝するだけだった。それが、どうしたというのか、肝心《かんじん》の日に、菊乃は、焼身自殺してしまったのだ」

そこで、大河内は、小さく息を吞《の》み、また、続けた。

「私は、呼ばれて、死んだ菊乃と対面した。あの時、菊乃が、美しく死んでくれていたら、私は、何もしなかったろう。しかし、菊乃の顔も身体も、醜《みにく》く焼けただれていた。私は、こんなものは、娘ではない、菊乃ではないと思った。だから、私は、『違う。菊乃じゃない』と叫んでいた。その瞬間から、私は、美しい菊乃の肉体を、絶対に取り返してやると、誓いを立てた」

「それで、次々に、若い女を殺したのか？」

「美しい菊乃を再現するには、同じ若い女の肉体が、必要だからだ」

「若い女を殺すことに、ためらいはなかったのか？」

と、今村が、きいた。

「ためらいはなかった。迷いもなかった」

「なぜ？」

と、今村がきく。その声には、怒りのひびきがあった。

「私はね。唯一の宝を失ったんですよ。何もかも失ったと同じなんだ。何とかして、それを取り戻そうと思った。だから、ためらいなんか、ありませんでしたよ。とにかく、美しい娘の肉体を、再現したかった。だから、先祖から伝わっているさまざまな物をすべて売り払って、そのための資金を作った。その時も、まったく、ためらいはありませんでしたよ」

「私は、君の家に作られた大きな水槽を見ている」

と、十津川が、いった。

「液体に浮かんでいる若い女の上半身も見ている。最後に、理想の両足をつけて、それで、満足すると思っていたのかね？」

「それは、わからない。しかし、その作業をしている間は、娘の菊乃を失った悲しみを忘れることが、できたんだ。だから、続けた」

「殺される女性の身になって、考えたことはないのか?」

「そんなことを考えていたら、菊乃の再現なんて、できませんよ。今もいったように、若い女を一人ずつ殺している時、私は、楽しかったんだ」

大河内は、挑発するように、笑った。

「君は、まだ、われわれに、話してないことがあるね」

と、十津川も、挑戦するように、いった。

「何がだ? 私は宝物の一人娘を失ったんだ。それがすべてだった。だから、私は、すべてを認めているじゃないか。四人の女性を殺したこともだ。私はたぶん死刑になるだろうが、それに異議を唱《とな》えたりする気もない。こうなったら一刻も早く、菊乃のいる世界に旅立ちたいと思っているんだ」

「『世界の乙女コンテスト』で、君の娘、菊乃さんは、焼身自殺をした。君は、その理由を、話していない」

と、十津川は、いった。

「自殺したことは、認めているんだから、それでいいじゃないか。菊乃は、誰かを傷つけて、それで自殺したわけじゃない。誰も傷つけずに、自ら、命を絶ったんだ。それで、十分じゃないか」

「いや。十分じゃない。娘さんが、なぜ、焼身自殺をしたか、その理由が必要だ。それが、君が四人の無関係な若い女性を殺す理由に、なっているからだ」

「だから、それは、菊乃が、焼身自殺をして、美しい顔も、身体も、醜く焼けただれてしまった。だから、私は、美しい娘を取り戻そうとして、四人を殺した。それが動機だ。これが、すべてだよ。これ以上、何をしゃべらなければならないんだ？　さっさと、私を起訴して、あの世へ送ってくれ」

大河内は、まくしたてる。十津川は、苦笑して、

「君は、肝心のことを、一言もしゃべっていない」

「何のことだ？」

「君にも、よくわかっているはずだよ。問題は、何度でもいうが、娘さんが、自殺した理由だよ。それを隠す理由は、いったい、何なんだ？」

「それは、娘の名誉だ」

「それなら、君が殺した四人の名誉は、どうなるのかね？　君の娘さんの自殺の理由を作ったわけでもない。それなのに、君は、四人を殺しておいて、娘の名誉のために、自殺の理由をいえないという。ずいぶん、勝手ないい分だと思うがね？　君がいえないのなら、私が、いってやる。最終選考の時に、実行委員会は、残った候補者の

身体検査をした。もし優勝者が、妊娠でもしていたら、世界の乙女の名前が汚されると考えたからね。ところが、その検査で、君の娘さんは、妊娠していたことがわかった。このことは、候補者の名誉のために、発表されなかった。コンテストの主催者は、父親である君の胸中を思って、菊乃さんの自殺した動機については、口をつぐんだんだ」

十津川は、目の前に平然と座る、大河内学を見ながら、心の底から湧《わ》き上がる怒りを、抑《おさ》えることができなかった。

「だが君は、知っていた。娘さんが、自殺した動機を。そして、焼身自殺という方法を選んだ娘さんが、君に突き付けた、激しい思いについても、よく理解していた」

「だからなんだ？　警察というのは、他人の秘密をのぞき込んで喜ぶ人間の集まりか？」

「普通、若い女性は、自殺する時も、自分の若さ、美しさを傷つけないように、考えるものだ。それなのに、君の娘さんは、焼身自殺を選んだ。焼けただれて、醜くなるのを覚悟してだ。なぜそんなことをしたのか、父親の君にはわかったはずだ」

「娘は、突然の落選に、錯乱したんだ」

「いや、違う。娘さんは、すべてに失望して、焼身自殺のような激しい死に方を選んだんだよ」

「何をいうか。すべてに失望したことなんかない。『世界の乙女コンテスト』に落ちたことの落胆が、自殺の理由だ。私が、もっと勇気づけたらよかったと、今でも反省しているんだ」

大河内は、大声でしゃべりつづけた。

「なぜ、真実を隠すんだ？　なぜ、嘘をつくんだ？　君の娘さんは、自分が妊娠していることを知って、絶望して、焼身自殺したんだ。もっと、いえば、娘さんは、父親である君に犯され、妊娠して、そのことを確認されたことが、絶望の理由だ。君にも、それは、わかっていたはずだ」

「――」

「われわれは、娘さんと関係のあったと思われる男性を探したが、一人も見つからなかった。娘さんを溺愛するあまり、君は、男を近づけなかったのだ。たった一人の男を除いてだ。その男は、君だ」

「――」

「さらに君は、娘さんを独占したくなり、最後には、彼女を犯した。たぶん、睡眠薬を飲ませ、意識を失ったところで、犯したのだろう。娘さんは、それを知っていたかどうかはわからない。たぶん、必死で、信じまいと思っていただろう。それが、突然、わかった。というより、事実が、突き付けられ、娘さんは、絶望して、焼身自殺した。自分の身体が汚れていると感じ、焼き捨てようと、思ったに違いない」

「――」

「君にも、そのことが、すぐ、理解できたはずだ。そのあと、君のやったことは、自己弁護でしかない。美しい娘の肉体を再現したいといっているが、君には、その資格はないんだ。何か、いいたいことがあれば、いってみたまえ」

「――」

大河内の沈黙は、長く続きそうだった。

本書は、徳間書店より二〇一六年十二月新書判で、一八年八月文庫判で刊行されました。作品に使われている時刻表など、交通の状況は刊行当時のものです。

なお、本作品はフィクションであり、実在の個人・団体などとは一切関係がありません。

空と海と陸を結ぶ境港

一〇〇字書評

切・り・取・り・線

購買動機（新聞、雑誌名を記入するか、あるいは○をつけてください）	
□（　　　　　　　　　　　　　　　　）の広告を見て	
□（　　　　　　　　　　　　　　　　）の書評を見て	
□ 知人のすすめで	□ タイトルに惹かれて
□ カバーが良かったから	□ 内容が面白そうだから
□ 好きな作家だから	□ 好きな分野の本だから

・最近、最も感銘を受けた作品名をお書き下さい

・あなたのお好きな作家名をお書き下さい

・その他、ご要望がありましたらお書き下さい

住所	〒				
氏名		職業		年齢	
Eメール	※携帯には配信できません	新刊情報等のメール配信を 希望する・しない			

この本の感想を、編集部までお寄せいただけたらありがたく存じます。今後の企画の参考にさせていただきます。Eメールでも結構です。

いただいた「一〇〇字書評」は、新聞・雑誌等に紹介させていただくことがあります。その場合はお礼として特製図書カードを差し上げます。

前ページの原稿用紙に書評をお書きの上、切り取り、左記までお送り下さい。宛先の住所は不要です。

なお、ご記入いただいたお名前、ご住所等は、書評紹介の事前了解、謝礼のお届けのためだけに利用し、そのほかの目的のために利用することはありません。

〒一〇一－八七〇一
祥伝社文庫編集長　清水寿明
電話　〇三（三二六五）二〇八〇

祥伝社ホームページの「ブックレビュー」からも、書き込めます。

www.shodensha.co.jp/bookreview

祥伝社文庫

空《そら》と海《うみ》と陸《りく》を結《むす》ぶ境《さかい》港《みなと》

令和 6 年 3 月 20 日　初版第 1 刷発行

著　者　西村《にしむら》京太郎《きょうたろう》

発行者　辻　浩明

発行所　祥伝社《しょうでんしゃ》
東京都千代田区神田神保町 3-3
〒101-8701
電話　03（3265）2081（販売部）
電話　03（3265）2080（編集部）
電話　03（3265）3622（業務部）
www.shodensha.co.jp

印刷所　堀内印刷
製本所　積信堂
カバーフォーマットデザイン　芥 陽子

Printed in Japan ©2024, Kyōtarō Nishimura ISBN978-4-396-35041-3 C0193

祥伝社文庫の好評既刊

西村京太郎
謀殺の四国ルート
道後《どうご》温泉、四万十川、桂浜《かつらはま》……。続発する怪事件！　十津川は、迫る魔手から女優を守れるか!?

西村京太郎
生死を分ける転車台
天竜浜名湖鉄道の殺意
鉄道模型の第一人者が刺殺された！カギは遺されたジオラマに？　十津川は犯人をあぶりだす罠を仕掛ける。

西村京太郎
展望車殺人事件
大井川鉄道の車内で美人乗客が消えた!?　偶然同乗していた亀井刑事の話から十津川は重大な不審点に気づく。

西村京太郎
SL「貴婦人号」の犯罪
十津川警部捜査行
鉄道模型を売っていた男が殺された。犯人は「SLやまぐち号」最後の運行を見ると踏んだ十津川は山口へ！

西村京太郎
九州新幹線マイナス1
東京、博多、松江——放火殺人、少女消失事件、銀行強盗、トレインジャック！　頭脳犯の大掛かりな罠に挑む！

西村京太郎
夜の脅迫者
迫る脅迫者の影——傲慢《ごうまん》なエリート男を襲った恐怖とは？（「脅迫者」）。ひと味ちがうサスペンス傑作集！

祥伝社文庫の好評既刊

祥伝社文庫の好評既刊

祥伝社文庫の好評既刊

祥伝社文庫の好評既刊

西村京太郎
十津川警部シリーズ
高山本線の昼と夜
画家はなぜ殺された？　消えた大作と特急「ワイドビューひだ」の謎！　十津川、美術ビジネスの闇に真相を追う！

西村京太郎
十津川警部シリーズ
消えたトワイライトエクスプレス
さらば寝台特急！　さらば十津川警部！　さらば西村京太郎！　豪華列車に爆破予告！　犯人の真の狙いは？

西村京太郎
十津川警部
阪急電鉄殺人事件
捜査の鍵は敗戦前夜に焼却された日記。ミステリーの巨匠が贈る戦争への思い。十津川警部が歴史の闇と真実に挑む！

西村京太郎
十津川警部シリーズ
無人駅と殺人と戦争
ミステリの巨人が遺した平和への祈り。被害者の最後の言葉は〝ジャッジメント〟。孤独な老人の戦後に何があった？

西村京太郎
十津川警部シリーズ
ストーブ列車殺人事件
墓標に告発を書き加えたのは誰？　有望新人作家はなぜ死んだ？　関係者の視点ごとに語られるミステリ異色作！

西村京太郎
十津川直子の事件簿
鉄道トリック、動物ミステリ、意外な真相――奥様は名探偵！　十津川顔負けの傑作集、ここに初めての文庫化！